AF373425

ZELMIRE,

TRAGÉDIE.

ZELMIRE,

TRAGÉDIE

EN CINQ ACTES;

Représentée pour la premiere fois par les Comédiens Français Ordinaires du Roi, le 6 Mai 1762.

Par M. DE BELLOY.

Abstulit hunc tandem Rufini pœna tumultum Absolvitque Deos.

Le prix est de 30 sols.

A PARIS,

Chez DUCHESNE, Libraire, rue Saint Jacques, au-dessous de la Fontaine Saint Benoît, au Temple du Goût.

M. DCC. LXII.
Avec Approbation & Privilége du Roi.

PRÉFACE.

DEPUIS que l'Auteur de *Merope* nous a
convaincus par des raisons & par des exemples, que la Nature fait verser plus de larmes
au Théâtre, que toutes les tendresses de l'A-
mour, il n'est pas étonnant que l'on s'efforce
de le suivre dans cette nouvelle route qu'il a
si heureusement tracée. La tendresse filiale
n'avait pas encore été représentée sur notre Scène avec tous les détails pathétiques,
qui pouvaient développer un sentiment si
noble & si intéressant. J'ai osé en faire le
sujet de cette Tragédie, & rassembler dans
un même tableau ce que l'Histoire & la Fable
nous ont conservé de plus touchant & de plus

a iij

héroïque fur la piété des enfans envers les auteurs de leurs jours.

Ce prodige de la Nature fi célebre dans
l'antiquité , ce pieux artifice de la fille de
Cimon qui allaita fon père dans le cachot
où il était condamné à mourir de faim , m'a
paru devoir occuper une place dans mon ou-
vrage. Si j'ai reporté cet évenement à des
tems plus reculés & dans une Ifle dont l'hiftoire
eft peu connue , j'ai ufé des droits de la Poë-
fie ; & perfonne ne peut me prouver que la
nature n'a infpiré cette reffource refpectable
qu'à une feule femme & dans un feul pays.

L'autre trait que la Fable a confacré, & qui
me paraît plus fublime encore , c'eft la géné-
rofité d'Hypfipile qui , pour fauver fon père ,
feignit de l'égorger elle-même,& fouffrit avec
courage le foupçon du crime le plus oppofé à
fon tendre caractere. Cette action magnanime
a fourni au célebre Métaftafe le fujet d'un de
fes Operas. Mais je doute qu'elle eût ja-

mais pu être préfentée fur notre Théâtre, avec les circonftances peu vraifemblables & encore moins tragiques dont elle eft revê- tue dans les anciens Poëtes. La conjuration générale des femmes de Lemnos contre tous les hommes de leur Ifle, était trop fufceptible de recevoir l'impreffion du ridicule, pour qu'un Auteur novice ofât fonder toute l'ac- tion de fa pièce fur un reffort fi dangereux. D'ailleurs aurait-on trouvé vraifemblable que ces femmes furieufes qui maffacraient leurs maris, uniquement pour fe venger de leur in- fidelité, chargeaffent du meurtre de leur Roi, Hypfipile fa fille, qui n'avait pas certainement contre lui les mêmes raifons de vengeance ?

Voilà cependant le fait tel que la Fable nous l'a tranfmis, & tel que M. Métaftafe l'a ex- pofé dans fon Poëme. On a fans doute exigé en Italie qu'il ne changeât point un fait connu, mais fur le Théâtre Francois on pré- fére la vraifamblance à la vérité même. Ce

Poëte ſi judicieux m'a aſſez prouvé par ſa lettre ſur *Titus* qu'il connaît parfaitement la différence du génie des deux nations. Il ſentira mieux que perſonne les raiſons qui m'ont écarté de la voie qu'il a ſuivie.

J'ai cru ſurtout qu'il était impoſſible de faire paraître Jaſon avantageuſement ſur notre Théâtre. La coquetterie de ce Héros petit-maître eſt trop connue , pour que ſes amours puiſſent jamais toucher. On plaiſante encore tous les jours ſur ces vers que Corneille lui fait dire & qui peignent ſon ame au naturel :

> .... Je ne ſuis point de ces amans vulgaires ,
> J'accommode ma flàme au bien de mes affaires.... ;
> Nous voulant , à Lemnos , rafraîchir dans la ville ,
> Qu'euſſions-nous fait, ami, ſans l'amour d'Hypſipile!

Il ajoute que quand il l'eut quittée :

> Elle jetta des cris , elle verſa des pleurs ,
> Elle me ſouhaita mille & mille malheurs ;
> Dit que j'étais ſans foi, ſans cœur, ſans conſcience ;
> Et laſſe de le dire , elle prit patience.

Je ne fais fi je me trompe, mais après une pareille idée que nous avons tous des attachemens de Jafon *, il me paraît bien difficile de les rendre intéreffans. Enfin il entrait dans mon plan que mon héroïne eût un fils & fût mariée ; derniere raifon qui m'a déterminé à ne point me fervir des perfonnages de Jafon & d'Hypfipile.

Auffi quoique j'aye eu à traiter le même fond de fituations que M. Métaftafe, je les ai tellement changées par la différente combinaifon des circonftances, que je n'ai pu imiter que trois fcènes de fon Opera : & encore dans ces trois fcènes à peine m'eft-il refté vingt vers qui convinffent à mon fujet. Ce n'eft pas que fi la texture de mon plan me l'eût permis, je me fuffe fait le moindre fcrupule d'emprunter d'avantage à un Auteur que j'admire & que j'aime.

---

* Jafon & Théfée peuvent fervir à rendre d'autres perfonnages intéreffans, mais ils ne peuvent jamais l'être eux-mêmes dans leurs amours.

L'exemple de Corneille, de Racine, & de tous nos grands Maîtres juſtifie aſſez les Poëtes qui tranſportent dans leur langue les beautés des Auteurs étrangers. Il eſt à peu près égal de traduire des paſſages Grecs & Latins, ou des vers Italiens & Eſpagnols : ſi ce n'eſt peut-être que ces derniers coûtent plus à rendre en Français. Le génie des anciens Grecs & des anciens Romains ſe raproche bien plus du goût de notre nation, que celui des Italiens de notre ſiecle.

J'ajouterai au ſujet de M. Métaſtaſe, que par l'honneur qu'il a fait à nos Auteurs de s'enrichir de leurs dépouilles, il a mérité plus qu'aucun autre que nous nous parions à notre tour de ſes richeſſes. Je ne l'ai point épargné dans *Titus*, & ſi jai été plus réſervé dans *Zelmire*, je déclare que c'eſt bien malgré moi. Mais il eſt plus facile d'imiter un Poëte étranger dans une Tragédie de caracteres, que dans une pièce d'événemens.

Zelmire eſt abſolument de ce dernier genre. J'ai tâché d'y mettre toute l'action, toute la pompe & tous les coups de Théâtre dont on m'a reproché d'avoir été ſi avare dans *Titus.* Il eſt vrai que nous retombons toujours malgré nous dans le genre qui nous eſt propre. J'ai voulu faire naître ces coups de Théâtre du fond même des caracteres de mes perſonnages ; & c'eſt peut-être cette nouveauté dont le Public m'a ſu gré. Celui du cinquieme Acte eſt l'effet de l'heureuſe irréſolution de Rhamnès, que l'on a vu juſqu'alors partagé entre le crime & la vertu. Celui du troiſieme Acte eſt le trait qui caractériſe le plus le génie d'Anténor. Il me ſemble que c'eſt dans le moment même d'un revers imprévu, ou d'un danger qui paraît ſans remede, que les grandes ames, vertueuſes ou criminelles, ſont plus promptes & plus étonnantes dans leurs reſſources. Quelle préſence d'efprit merveilleufe Corneille n'a-t-il pas donné à Cléopâtre lorfque , dégoutante encore du fang de fon fils , & frémiffant qu'il ne l'ait accufée en mourant , elle fe hâte , pour ôter toute croyance à fes dernieres paroles , d'accufer Timagène qui vient les rapporter !

Voilà ce que j'ai tâché d'imiter , beaucoup plus que le fameux coup de Théâtre de *Camma*, où Sinorix voyant tomber un poignard , fe méprend fur la main qui l'a voulu frapper ; où Softrate s'accufe lui-même généreufement du meurtre que Camma voulait commettre ; mais où Camma trahit fa vertu & fa paffion en fouffrant, fans dire un feul mot, qu'un amant qu'elle adore fe livre en fa place à toutes les fureurs du Tyran Auffi les connaiffeurs que j'ai confultés m'ont affuré que cette fituation ne réuffirait pas aujourd'hui. M. Métaftafe l'a remaniée d'une façon toute différente dans fon *Hypfipile* ; mais il avait cette liberté que nous fouffrons dans un Opera , de faire dormir un perfonnage , tandis que d'autres Acteurs fe difputent très haut & très longtems à fes côtés. Pour moi , fans la reffource que m'a fourni le génie du grand Corneille, en m'offrant l'exemple de l'intrépide fcélérateffe de Cléopâtre , je n'aurais jamais effayé de rajeunir ce coup de Théâtre fingulier. L'effet qu'il produit dans les fcènes fuivantes où Anténor foutient fon accufation avec la même audace, eft encore un trait qui le rend abfolument différent de celui d'Hypfipile. J'avourai cependant que ce tableau me parut fi horrible, qu'il me fit trembler fur la deftinée de ma piece : le Public l'a vu avec la même horreur que moi, mais il ne l'en a pas trouvé moins tragique.

Ceux qui m'ont fait un reproche d'avoir chargé Rhamnès du facrifice , ne fe font pas rappelé fans doute les ufages des Anciens. C'eft Pyrrhus qui immole Polixène fur le tombeau d'Achille. C'eſt Mérope qui veut immoler aux mânes d'Égiſte celui qu'elle en croit l'aſſaſſin. Il était honorable de venger ſes parens & ſes Roix.

J'ai rétabli dans le cinquieme Acte vingt-quatre vers qui n'ont point été dits ſur la ſcène, * & qui contiennent l'explication de toute la conduite de Rhamnès. Je la crois auſſi néceſſaire pour le cabinet, qu'inutile au Théâtre. Le lecteur veut qu'on lui rende compte de tout. Le ſpectateur diſpenſe d'une exactitude qui le refroidirait.

On trouvera auſſi dans le quatrieme Acte des changemens très importans. Tous les connaiſſeurs ſe ſont réunis à vouloir que Zelmire livrât elle-même ſon père, en croyant livrer le Troyen, comme elle le faiſait aux premieres repréſentations. Sans cela ils trouvent que la ſituation perd toute ſa force. J'ai ſeu-

---

* Ces vers ſont marqués par des guillemets

lement, d'après leurs conseils, tâché de faire mieux sentir aux spectateurs la nécessité où est Zelmire de sacrifier la liberté du Troyen à la sureté des jours de son père ; c'est, je crois, ce qui manquait à cette scène. Au reste je ne négligerai jamais de mettre à profit les avis qu'on voudra bien me donner. Je sens tout ce que le Public a droit d'exiger de ceux qu'il daigne favoriser d'un accueil si honorable. C'est un Maître dont les bontés ne doivent servir qu'à nous rendre plus dociles,

ACTEURS.

POLIDORE, *Roi de Lesbos.*

ZELMIRE, *Fille de Polidore.*

ILUS, *Prince de Troie, mari de Zelmire.*

ANTÉNOR, *Prince du sang des Rois de Lesbos.*

RHAMNÈS, *Général des armées de Lesbos.*

ÉMA, *Dame d'honneur de Zelmire.*

EURIALE, *Officier Troyen.*

UN SOLDAT THRACE.

PRESTRES, PEUPLES & SOLDATS *de Lesbos.*

SOLDATS TROYENS & THRACES.

La Scene est à Lesbos.

ZELMIRE.

ZELMIRE,
TRAGÉDIE.

XXXXXXXXXXXXXXXXXXXXXXXXXXXXX

ACTE PREMIER.

SCENE PREMIERE.

Le Théâtre repréſente une aſſez grande étendue de terrein ſur le rivage de la Mer, près de la ville de Mityléne. On voit d'un côté des arbres & des rochers, entre leſquels eſt le chemin de la ville : de l'autre, un Temple, & un Tombeau entouré de cyprès & de rochers. Au fond eſt la Mer.

ZELMIRE, ÉMA.

ZELMIRE, *ſuivant Éma qui traverſe le Théâtre & fuit vers le Temple.*

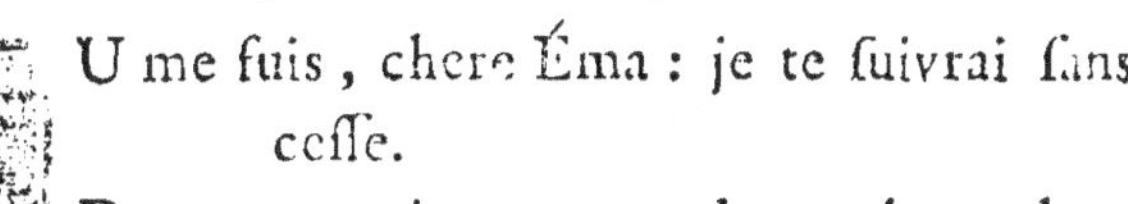

TU me fuis, chere Éma : je te ſuivrai ſans ceſſe.
Donne au moins un regard aux pleurs de ta Princeſſe;
Daigne écouter . . . . .   A

ÉMA.

Vous puis-je entendre fans horreur ,
Fille dénaturée ? . . .

ZELMIRE.

Ah ! fufpens ta fureur :
Le Ciel vient de punir mon frère parricide . . . .

ÉMA.

Dont vous avez fervi la cruauté perfide :
J'arr.ve , & l'on m'apprend fes forfaits & fa mort ;
Tremblez : fon châtiment vous prédit votre fort :
Frappez , Grands Dieux !

[Elle fait encore un pas vers le Temple.]

ZELMIRE, *la retenant.*

Arrête, & connais mieux Zelmire.
O Toi , qui la chéris depuis qu'elle refpire ,
Crois-tu qu'un fi grand crime ait pû déshonorer
Ce cœur , où ta vertu fe plut à s'admirer ?

(A demi-voix & regardant de tous côtés.)

Hélas ! loin de livrer mon déplorable Pere ,
C'eft moi qui l'ai fauvé des fureurs de mon frère.

ÉMA.

Quoi : Polidore . . .

ZELMIRE.

Il vit.

ÉMA , *avec éclat.*

O mon Maître ! ô mon Roi !

ZELMIRE.

Modère tes tranfports , tu me glaces d'effroi :
Un feul mot peut le perdre . . . Ah ! de ma confidence
Déjà mon cœur tremblant condamne l'imprudence.

É M A.

Vous me craignez, Zelmire!

ZELMIRE.

Oui, pour des jours si chers,
Pardonne, je te crains ; je crains tout l'Univers.
Va, si je n'implorais ton secours nécessaire,
Mon cœur, sûr de ta foi, te cacherait mon Père.
Mais je commençai seule en vain à le sauver,
Je vois trop que, sans toi, je ne puis achever.
    Regarde, près du Temple où me fuyait ta haine,
Ce vaste monument voisin de Mitylène,
Entouré des rochers qui défendent nos bords,
Et de ces vieux cyprès, triste pompe des morts ;
Là, des Rois des Lesbos on révère la cendre....
Là, mon Père vivant fut forcé de descendre.
Ombres de nos Héros, qu'il a surpassés tous,
Vous voyez votre fils respirant parmi vous ;
Vous gardez sa vieillesse aux meurtriers ravie ;
L'azile de la mort est celui de sa vie.

É M A.

Par quel miracle, ô Ciel! trompant ses assassins,
Avez-vous fait penser que livré par vos mains....

ZELMIRE.

Je peux te confier, dans ces lieux solitaires,
Ce dépôt, ce tissu d'intéressans mystères,
Qu'a tramé par mes soins l'Amour ingénieux,
Prodiges... qu'à mon Père ont cru devoir les Dieux.
Ta tendresse va croître au récit de la mienne,
Je veux faire passer mon ame dans la tienne.

A ij

Le fort , qui pour un tems te fixoit à Samos ;
Préparait loin de toi les malheurs de Lesbos ;
Lorsqu'Ilus , mon époux, l'espoir de la Phrygie ,
Fut rappellé par Tros pour venger sa patrie.
Son absence cruelle , époque de nos maux ,
Du parricide Azor enhardit les complots.
Ce monstre, que le Ciel m'avait donné pour frère ,
Porta sa main coupable au sceptre de son pere ;
Dans le crime affermi par ces vils séducteurs ,
A qui les changemens promettent des grandeurs.
Polidore irrité , voulut sur un Parjure ,
Venger les droits du Thrône & ceux de la Nature :
Mais son bras paternel , à regret étendu ,
Aurait puni son fils & ne l'eût point perdu.
Ce jeune ambitieux , idole d'une armée
Sous lui, depuis trois ans, à vaincre accoutumée ;
Dieu d'un peuple inconstant qui, sous mon père, hélas !
Se lassait d'un bonheur qu'il ne méritait pas ;
Sur-tout ayant gagné ces Thraces sanguinaires,
Devenus désormais nos Tyrans mercenaires ;
Qui , des mœurs de notre Isle avares corrupteurs ,
Payés pour la défendre , en sont les oppresseurs :
Azor mit tous les cœurs du parti de son crime :
D'un père trop jaloux on le crut la victime ;
Il feignit que le Roi , dans ses cruels soupçons,
Armait contre ses jours le fer & les poisons.
Ses soldats , à ce bruit, remplissent Mitylène ,
Mon fils , mon père & moi , nous tombons dans leur
              chaîne ;
Et menacée encor de plus cruels malheurs,
On força ma tendresse à dévorer ses pleurs.

É M A.

Monarque infortuné, la main de ton fils même
Déchire fur ton front ce fanglant diadême :
Voilà le prix honteux qu'ont payé tes Sujets
A trente ans de vertus, de gloire & de bienfaits !
   [*A Zelmire.*]
Ne pûtes-vous au moins de ce vainqueur impie,
Pour un père captif, défarmer la furie ?
Z E L M I R E.

Non, contre tous les pleurs foigneux de s'endurcir,
Il fallut le tromper, ne pouvant l'adoucir.
Tromper un traître, Ema, c'eft lui faire juftice.
Tel fut de mon amour l'innocent artifice.
D'Azor, avec éclat, j'approuvai les forfaits ;
En flattant fes fureurs, j'en prévins les effets :
Tu fais que les Mortels, vertueux ou coupables,
Dans les autres toujours penfent voir leurs femblables :
Azor me crut fans peine un cœur dénaturé . . . .
Je lui furpris l'aveu d'un projet ignoré :
Le barbare, en fecret, par la faim meurtriere,
Au fond de fa prifon, laiffait périr mon père.
É M A.

Dieux !
Z E L M I R E.

   J'arrêtai ce crime au moment du fuccès.
Un foldat, dans la tour, me laiffa quelqu'accès :
Mais lâchement fidèle & cruel par faibleffe,
Il m'ôta les fecours qu'apportait ma tendreffe.
J'entre, je vois mon père à mes pieds étendu :
Je fens le froid mortel fur fon corps répandu,

A iij

Je le preſſe en mes bras ; & ſa bouche expirante
Pouſſe en faibles ſanglots une voix défaillante....
     J'écoutai la Nature : elle vint m'inſpirer
D'oſer changer ſes loix , pour la mieux honorer :
Son trouble impérieux ne connaît point d'obſtacles ;
La Nature allarmée enfante des miracles.
Du lait que pour mon fils elle avait deſtiné ,
Mon ſein même a nourri mon père infortuné :
Mes pleurs, mon déſeſpoir, ma mort inévitable ,
L'ont contraint d'accepter ce ſecours reſpectable.

E M A.

Zelmire... je ſuccombe à mon raviſſement :
Pardonnez au tranſport de cet embraſſement.
Ah ! l'admiration , le trouble , la tendreſſe
Arrachent de mes yeux des larmes d'allegreſſe.

Z E L M I R E.

Hélas ! à ce ſpectacle un Thrace en répandit.
Dans mes ſoins maternels ce tigre me ſurprit :
Mais l'inflexible airain de l'ame la plus dure
S'ébranle & s'amollit au cri de la Nature.
Il fut comme accablé du Dieu qui m'inſpirait ;
Il oſa ſeconder des ſoins qu'il admirait ;
Et mon père, échappant à ſa priſon funeſte',
Trouva , dans ce tombeau , l'azile qui lui reſte.
Ce n'était point aſſez. Loin d'un ſi cher tréſor ,
Il fallait détourner les pourſuites d'Azor ;
Je ſus conduire ailleurs ſa cruauté ſéduite ,
Je lui vins , la première , annoncer cette fuite ;

e feignis qu'enlevé par des amis fecrets ,
Mon père s'enfermait au Temple de Cerès ,
Où Cloanthe en effet , fidéle à Polidore ,
Avec quelques foldats fe défendait encore.
Dieux ! qui pouvait prévoir ces attentats nouveaux ?
Azor de toutes parts fait lancer les flambeaux ,
Et du Temple embrâfé les murailles fumantes
Croulent dans des torrents de flâmes dévorantes :
Un cœur dénaturé refpecte-t-il les Dieux ?
Mais la cendre facrée , où ce monftre odieux
Croyait voir de fon Roi l'affreufe fépulture ,
Servit à mieux couvrir ma pieufe impofture.

É M A.

Ainfi , quand vos vertus l'arrachent à la mort ,
Nous vous accufons tous de fon horrible fort.
Que j'expie à vos pieds une injufte colere…

Z E L M I R E , *la relevant.*

Son injuftice , Ema , me la rendait bien chère.
J'eftimais ce courroux dont mon cœur foupirait ,
De ta fidélité ta haine m'affurait.

A quel étrange fort mes malheurs m'afferviffent ;
Je ne puis plus chérir que ceux qui me haïffent ;
Et j'abhorre ce peuple affez vil pour m'aimer ,
Qui me croit parricide & m'en ofe eftimer.

Entretiens fon erreur que ma voix autorife :
Unis-toi , pour ton Maître , à ma noble entreprife.
Le Soleil a trois fois doré l'azur des Cieux ,
Depuis qu'au fein des Morts la nuit couvre fes yeux ;

A iv

Et que mes soins cachés ont nourri sa vieillesse

      [*Montrant le Temple.*]

Des dons, qu'on croit ici que j'offre à la Déesse.

 Veille autour de ces lieux, où je vais l'informer

De ce trépas d'Azor qui doit tant m'allarmer.

Hors du Tombeau fatal j'entretiendrai mon père ;

Du moins, pour un moment, il verra la lumiere.

Approchons.

      (*Elle fait quelques pas, tenant*
       Ema par la main.)

    É M A.

Vous tremblez !

 Z E L M I R E, *s'arrêtant.*

      Hélas ! depuis le jour

De cet effort sacré, prodige de l'Amour,

Tu vois à quel excès ma tendresse est accrûe ;

A la voix de mon père, à son nom, à sa vue,

Je sens d'un doux transport mes entrailles frémir ;

Tout mon sang se troubler & mon cœur tressaillir :

Un sentiment nouveau, qui vient s'y faire entendre,

Ajoute à la Nature & rend son cri plus tendre.

     [*Elle entre dans le Tombeau.*]

   É M A, *se retirant.*

Dieux ! dont la vertu même éprouve le courroux,

Est-ce en vous imitant qu'on mérite vos coups ?

SCENE II.

POLIDORE, ZELMIRE.

POLIDORE, *sortant du Tombeau & s'appuyant sur Zelmire.*

O Ma fille, soutiens ma tremblante vieillesse ;
Prête un bras secourable à ma lente faiblesse.
(*Il avance peu à peu.*)
Mes regards éblouis cherchent en vain les Cieux,
Hélas ! leur doux aspect n'est plus fait pour mes yeux...
Enfin je les revois, & je t'embrasse encore....
Ma vie est désormais un fardeau que j'abhorre.
Non ; je la dois aimer, c'est un de tes bienfaits.
Pourrais-je, sans transport, me retracer jamais
L'auguste & doux moment où ton malheureux père
A trouvé dans sa fille une seconde mère :
Je bénis en toi seule unis & consacrés
Les droits que la Nature a toujours séparés :
Ce sang qui me doit l'être, & dont je tiens la vie,
A doublé les devoirs de mon ame attendrie.
Quel charme intéressant, quels soins consolateurs
Ta noble Piété répand sur mes malheurs !

ZELMIRE.

Eh ! pouvez-vous compter de si faibles services ?
Mon cœur a fait, par choix, ses plus cheres délices

A v

De ce tendre devoir, de cet amour sacré,
Du nom de Piété justement honoré :
J'offre mes premiers vœux aux Maîtres du tonnerre;
Mais l'Auteur de mes jours est mon Dieu sur la terre.
    Pour des tems plus heureux réservons nos transports,
Le Ciel permet l'espoir à nos justes efforts ;
Déjà ses coups vengeurs préviennent notre attente :
Azor n'est plus.

POLIDORE.
Azor !

ZELMIRE.
                    Cette nuit, dans sa tente,
De trois coups de poignard on a percé son sein ;
Et nos soins vainement recherchent l'Assassin.

POLIDORE.
Dieux ! faut-il que mon fils, ma plus chere espérance,
Ne me laisse, en mourant, pleurer que sa naissance ?
Je me vois délivré de mon persécuteur ;
Mais il était mon fils... O retour plein d'horreur !
Quand tu me l'as donné, Ciel, devais-je m'attendre
Que j'aurais, pour sa mort, des graces à te rendre ?

ZELMIRE.
Sa mort, en ce moment, accroît votre danger ;
L'armée avec fureur jure de la venger :
Vous savez à quel point elle adorait mon frere.

POLIDORE.
Eh ! qui fut mieux formé pour tromper le Vulgaire ?
Unissant, sous les traits d'un visage enchanteur,
Le froid de la Prudence au feu de la Valeur ;

Raſſemblant des Héros tous les talens ſublimes ;
Dangereuſes vertus, ſouvent mères des crimes !
Il ſut empoiſonner les dons les plus flatteurs ;
Comment un même ſang forma-t-il vos deux cœurs ?
 Mais, Zelmire, je puis quitter ce triſte azile.
'Allons ouvrir les yeux de ce peuple indocile.

ZELMIRE.

Vous l'eſperez en vain. Ah ! croyez ma terreur ;
Gardez-vous de braver ces tigres en fureur.
Si leurs yeux étonnés vous voyaient reparaître,
Tous vous accuſeraient du meurtre de leur Maître :
Leur haine, par vous ſeul, va croire éxécuté
Le projet odieux qui vous fut imputé.
Cet aſſaſſin ſecret, dont la main factieuſe
Nous cache d'un complot la trame ambitieuſe,
Abuſant le premier de leur crédule erreur,
Sur vous, de ſon forfait, va rejetter l'horreur ;
Et ſi le ſeul ſoupçon, que leur donna mon frère,
Arma contre vos jours leur rage ſanguinaire ;
Que n'oſeront-ils point, quand ils pourront penſer
Que, juſques dans leurs bras, vous l'avez ſu percer ?
Dérobons-nous, mon père, à ce péril extrême.
Anténor eſt chargé des ſoins du diadême ;
C'eſt à ſon front vainqueur qu'il paraît deſtiné ;
Je le crois digne en tout du ſang dont il eſt né.
Pour mon fils & pour moi je renonce à ce thrône,
Que mon frère a ſouillé, que la foudre environne ;
Anténor permettra qu'aux bords du Ximoïs,
Auprès de mon époux, j'aille porter mon fils ;

Je pourrai vous fauver dans la foule profcrite
De quelques citoyens qui fuiront à ma fuite.
P O L I D O R E.
Mais toi, dont l'héroïfme a porté les vertus
A des degrés nouveaux, au Ciel même inconnus
Tu fouffres que des cœurs, amis de la juftice,
D'un parricide affreux te nomment la complice !
Z E L M I R E.
Que fait la renommée au cœur qui la dément ?
En paix avec foi-même on la brave aifément ;
Mais on fouffre en tremblant fa faveur infidèle,
Lorfqu'un témoin fecret vient dépofer contr'elle ..
Quel bruit ai-je entendu ? Qui porte ici fes pas ?

S C E N E   I I I.
POLIDORE, ZELMIRE, ÉMA.
É M A.

Madame, je crois voir, à travers des foldats,
Approcher Anténor & les chefs de l'armée.
Z E L M I R E, *épouvantée.*
Fuyez, rentrez, Seigneur.
                              [*Elle renferme Polidore.*]
É M A.
                    Soyez moins allarmée ;
Ils marchent vers le Temple ; & dans ces triftes lieux
On fe fouvient enfin qu'il eft encor des Dieux.

Des vertus d'Anténor c'est un heureux présage.

ZELMIRE, *toujours très agitée.*

Je te laisse. Mon cœur se peint sur mon visage ;
Mes yeux me trahiraient... Éma, demeure encor :
Vois, observe, entends tout. Aussi-tôt qu'Anténor
Aura rempli ce soin qui te calme & m'agite,
J'irai l'entretenir & hâter notre fuite.

Dieu, dérobe mon père à cent périls divers,
Laisse encor ton image en ce triste Univers ;
Accorde à nos besoins cette faveur insigne,
Et ne regarde pas si le monde en est digne.

[*Elle sort entre le Temple & le Tombeau.*]

SCENE IV.

ANTÉNOR, RHAMNES, LES CHEFS DE L'ARMÉE, SOLDATS LESBIENS ET THRACES, ÉMA *près du Temple.*

RHAMNES, *à Anténor.*

SEIGNEUR, tout vous appelle au plus auguste rang :
Anténor a pour lui les vertus & son sang.

ANTÉNOR.

Citoyens de Lesbos, & guerriers de la Thrace,
Je descends à regret du thrône où l'on me place.
Que par le choix d'un peuple il est doux de régner !
Mais ce thrône, en un mot, le pouvez-vous donner ?

Le ciel vous laiſſe un Roi dans le fils de Zelmire ;
L'élever pour ſon peuple eſt la gloire où j'aſpire ;
Je ſerai plus chéri , plus grand , plus reſpecté
D'avoir fait un bon Roi , que de l'avoir été.
Entrez tous dans ce Temple , & par des ſacrifices,
Au Monarque nouveau rendez les Dieux propices :
Je vous ſuis. Mais je veux confier à Rhamnès,
Sur le meurtre d'Azor quelques ſoupçons ſecrets.
Nous ne tarderons pas , ſi mon zèle en décide ,
De mêler à vos pleurs le ſang du parricide.

> [*Tous entrent dans le Temple. Anténor*
> *fait ſigne à Éma de ſe retirer.*]

SCENE V.

ANTÉNOR, RHAMNES.

RHAMNES.

Seigneur , de mes avis ſouffrez la liberté :
Mon zèle ſert d'excuſe à ma témérité.
Je ne puis vous cacher que ce refus m'étonne.
Les peuples & vos droits vous portent ſur le thrône ,
Et vous y renoncez pour le fils d'un Troyen !
Un enfant étranger vous ravit votre bien !
Jadis dans votre cœur je me flattais de lire ;
Je ne le crois pas fait pour dédaigner l'Empire.
De vos vaſtes deſſeins j'entrevois la grandeur ;
Daignez m'en éclaircir la ſombre profondeur....

ANTÉNOR *à part, après avoir fait signe à*
Rhamnès d'observer si personne n'écoute.

Il peut me pénétrer.... J'ai besoin d'un complice ;
Mais malheur au mortel qu'il faut que je choisisse !
[*A Rhamnès.*]
Je vais à tes regards me livrer sans terreur ;
Né d'un sang peu connu, tu cherches la faveur ;
Sur le choix des moyens ta gloire indifférente
Prête aux desirs du Maître une ame obéissante :
Et tu sais qu'à la Cour, de vains noms revêtu,
Le soin de sa fortune est la seule vertu.
Des favoris d'Azor essuyant les caprices,
L'exil, sans mon crédit, eût payé tes services ;
Dès tes plus jeunes ans, tu n'eus d'appui que moi ;
Tu n'es rien, si je sers ; & tout, si je suis Roi :
Voilà sur quels garants je vais t'ouvrir mon ame.
Rhamnès, dès le berceau, l'ambition m'enflamme.
Sorti du sang des Rois, mais du thrône éloigné,
J'en dévorais l'espace en mon cœur indigné ;
La force ne pouvait m'en briser les barrieres,
La souple politique écarta les premieres.
C'est moi qui par degrés, les rendant ennemis,
Fis périr, en ces lieux, le pere par le fils ;
Et ce farouche Azor, que j'ai chargé de crimes,
C'est moi qui l'ai rejoint à ses tristes victimes.

RHAMNES.

Vous ?

ANTÉNOR.

Tu sais qu'assuré des cœurs de ses soldats,
Sa garde, au milieu d'eux, ne suivait point ses pas ;

Il veillait fur fon camp & jamais fur fa tente.
C'eft-là que, cette nuit, ma haine impatiente
Dans fon coupable fang fe baignait à loifir, ...
Quand j'entendis vers nous des guerriers accourir ;
A peine je faifis l'inftant de difparaître. ...
Azor, en expirant, m'aura nommé peut-être :
Cet importun effroi trouble feul mes projets. ...
Mais, pour les raffermir, les moyens font tout prêts
   Déjà, par le refus de la Toute-puiffance,
Ceux qui m'accuferaient font démentis d'avance :
Et ce Roi, fils d'Ilus, entre mes mains livré,
Devient, dans un revers, mon ôtage affuré.
Tu me crois trop prudent pour lui laiffer atteindre
L'âge de fe connaître & le tems d'être à craindre.
Reffource paffagère aux périls que je cours,
Leur terme fixera le terme de fes jours.

RHAMNES.

Sans doute à fon époux vous renvoyez Zelmire,
Sur un thrône étranger. ...

ANTÉNOR.

               Pergame eft fon empire :
Son pere, par fes foins, s'eft vu facrifier ;
D'un cœur qui me reffemble il faut me défier.
Je faurai quel deffein peut l'avoir animée. ...
Rhamnès, dès ce moment, fois le chef de l'Armée ;
Ma faveur te préfère aux plus nobles rivaux,
Prévois par cet effai le prix de tes travaux.
Du peuple & des foldats l'impatience avide ;
D'Azor, avec fureur, recherche l'homicide.

Feignons le même zèle à venger son trépas.
D'un ami de son pere accusons-en le bras ;
Nommons un vil mortel dont la faible innocence
Sous nos puissantes mains, tombera sans défense.
Mais que ton art secret remonte par degrés
A ceux qui dans la tente, après moi, sont entrés ;
Moi-même, en les cherchant, je ne dois point paraître ;
Des yeux qu'ils craindront moins pourront mieux les
        connaître ;
Je m'en remets à toi … tu peux tout en ce jour,
Si des peuples séduits je conserve l'amour.
    J'ai fondé ma grandeur sur l'estime publique,
D'un sage Usurpateur utile politique ;
Je feins de fuir un thrône où tendent tous mes pas ;
J'adore des Dieux vains, que mon cœur ne croit pas ;
Et tu vois que le Peuple, & la Cour, & l'Armée
De cent titres divins chargent ma renommée ;
Mon nom n'est prononcé qu'entouré de vertus.
Gardons de dessiller des yeux si prévenus ;
J'ai su tromper mon Siècle, & je veux d'avantage ;
Je veux que son erreur s'étende d'âge en âge ;
Et que tout l'Avenir ne puisse voir en moi
Qu'un Sujet vertueux que le sort a fait Roi.
    Tels sont les grands desseins où mon choix t'associe :
L'intérêt est le nœud, la chaîne qui nous lie.
Ce Dieu des Courtisans me répond de ta foi ;
Ce Dieu des Souverains te répondra de moi.

SCENE VI.

RHAMNES, *seul.*

Et de l'aveu des Cieux ce mortel se couronne !
Son exemple m'entraîne au moment qu'il m'étonne. . .
Céderai-je aux remords dont je suis combattu ? . . .
Dans ce siècle coupable à quoi sert la vertu ?
Quel fruit en recueillit le sage Polidore ? . . .
Des titres, des grandeurs si la soif me dévore,
Je voulais noblement en mériter l'honneur. . . .
Les forfaits sont ici la route du bonheur ;
Du Maître que je sers embraffons les maximes.
Dieux, en le couronnant, vous me forcez aux crimes.
L'homme voudrait les fuir ; mais leur succès, hélas !
Devient, pour sa faibleffe, un dangereux appas.

Fin du premier Acte.

ACTE II.

SCENE PREMIERE.

ZELMIRE, POLIDORE, ÉMA.

ZELMIRE à Ema.

OUT est sorti du Temple ; ils marchent
vers la ville.
Mes yeux toujours de loin observaient
cet azile ....
Il faut apprendre au Roi ce grand événement.

*(Elle ouvre le Tombeau , & Éma va observer
derrière la Scène.*

Seigneur , daignez encor m'écouter un moment.
(Polidore vient.)
Partagez un espoir qui luit à ma tendresse ;
Anténor , dont toujours vous vantiez la sagesse ,
Digne de tous vos vœux , qu'il n'a point démentis ,
Refuse la Couronne & la rend à mon fils.

Jugez des fentimens de fon ame fidèle,
Quand il faura vos jours confervés par mon zèle.
Mon, père approuvez-vous qu'entre fes juftes mains
Je remette à l'inftant mon fort & vos deftins.

POLIDORE.

Tu le peux.   C'eft en lui que l'Infortune efpère.
Lui feul m'a prévenu des complots de ton frere;
Trop tard, pour mon malheur, il les avait appris.
Et fi, croyant ma mort, il a fuivi mon fils,
En fidèle fujet, qui gémiffait peut-être,
Il dut, fans le juger, fervir fon nouveau Maître.
Va, dépofe ma vie en fon cœur généreux;
Mais ne faifons qu'à lui cet honneur dangereux.
S'il couronne ton fils, il fauvera ton père.

SCENE II.

POLIDORE, ZELMIRE, ÉMA *qui revient.*

ÉMA *à Polidore.*

AH! Seigneur, ce foldat dont le bras falutaire
   Aux fers de vos Tyrans ofa vous arracher,
Jufques dans ce tombeau s'empreffe à vous chercher:]
Il apporte, dit-il, l'avis le plus funefte. . . . .

POLIDORE.

Quels maux nous garde encor la colère célefte?

ZELMIRE, *vivement.*

Qu'il approche.   L'effroi tient mes fens fufpendus.
   (*Ema fait figne au foldat d'approcher & fe retire*).

SCENE III.

ZELMIRE, POLIDORE, UN SOLDAT
Thrace.

LE SOLDAT *à Zelmire.*

LE Ciel qui me rendit témoin de vos vertus,
M'a fait voir un forfait encor plus incroyable;
Le complice d'Azor, son bourreau détestable,
C'est Anténor lui-même.

ZELMIRE.

Anténor !

POLIDORE.

Lui ?

LE SOLDAT.

Seigneur,
Vous sçavez quelle adresse & quelle heureuse erreur
A vos fiers ennemis déguisant votre fuite,
De ceux qui vous gardaient excusa la conduite.
Depuis, cessant pour vous des pas trop hasardés,
Guidant toujours d'Azor les soldats assidés,
Je tâchais d'épier cette Cour si cruelle,
Et de vous servir mieux en modérant mon zèle;
Jusqu'au jour, préparé par mes soins les plus doux,
Où, vers les champs Troyens, je fuirais avec vous.
Cette nuit, près d'Azor, je revenais l'instruire
Du succès d'un devoir qu'il m'avait su prescrire :

Je l'ai trouvé fanglant, de fon lit renverfé,
De trois coups dans le fein mortellement percé.
» Je ne veux de feccurs, dans ce moment terrible,
» Ami, que pour tracer mon aventure horrible :
» Et laiffer, contre un monftre, un monument facré,
» Où fon cœur infernal au grand jour foit montré.
A ces mots, d'une main par la rage affermie,
Il trace de fon fang, l'écrit qu'il me confie.
» Fuis, dit-il, & qu'Ilus venge fur Anténor
» Et la coupable vie, & le trépas d'Azor.
Il vous nomme ; & je vois fes entrailles émues,
Ses larmes, par torrens, dans fon fang confondues....
Je lui révèle tout..... l'aveu de votre fort
Méle un rayon de joie à l'ombre de la mort ;
C'eft fon dernier moment. Et dans mon trouble
        extrême,
J'ai fui, tremblant, hélas! d'être accufé moi-même.

POLIDORE.

O mon fils !.... Voilà donc la main qui t'a perdu !
Anténor m'a coûté ta vie & ta vertu.
O pertes, pour mon cœur, également cruelles !
Mes yeux, laffez couler vos larmes paternelles.

ZELMIRE.

Anténor, l'artifan de tant d'affreux deftins !
O mon père....... Et j'allais vous livrer en fes
        mains !

POLIDORE *au soldat.*

Donne-moi cet écrit. Je veux devant l'armée,
De honte, à cet aspect, & de rage enflammée,
Le montrer, d'une main, à ce lâche imposteur ;
De l'autre, lui plonger ce glaive au fond du cœur.

ZELMIRE.

Ah ! Seigneur arrêtez.

LE SOLDAT.

Qu'allez-vous entreprendre ?
Vous serez immolé sans qu'on vous laisse entendre.
Moi-même, de brigands, de traîtres entouré,
J'ai frémi d'exposer cet écrit révéré ;
Le cachant aux soupçons de tout ce qui respire,
Je compte, dans la nuit, le porter à Zelmire.
D'ailleurs, ignorez-vous qu'Anténor & Rhamnès
Imputent ce grand crime à vos amis secrets ?
On dit qu'idolâtré de sa patrie entière,
Azor a, par vous seul, pû finir sa carrière :
Que, du sein du trépas, poursuivant votre fils,
Vos sinistres projets enfin sont accomplis.
Tous nos chefs même, au Temple adorant sa mémoire,
D'immoler l'assassin se disputaient la gloire :
C'est à Rhamnès, Seigneur, qui commande sur eux,
Que nos Loix ont remis ce ministère affreux.

ZELMIRE.

Mon père, eh ! croyez-vous qu'ils manquent d'artifice
D'audace, pour vous perdre avant qu'on s'éclaircisse ?
Ils raviront ce gage à vos tremblantes mains.
Aux regards prévenus d'un peuple d'assassins,

Ils y feront trouver les traits de l'imposture.
Pour vous , envers Azor , je fus déjà parjure ;
On croira que mes soins , en trompant son courroux ,
Servaient votre vengeance & préparaient vos coups ;
Que nous formions de loin cette trame sanglante.
Daignez prendre une voie & plus sûre & plus lente.
A nos premiers desseins pourquoi renoncez-vous ?
Armés de cet écrit , fuyons vers mon époux.
Vous sçavez que , dans Troie , Ilus couvert de gloire
A rétabli la Paix des mains de la Victoire :
Partons , & ramenant ce Héros indompté ,
Venez , la foudre en main , montrer la vérité.

POLIDORE *à Zelmire.*

Mais cette fuite enfin , la crois-tu si facile?

LE SOLDAT.

Oui , mon obscurité , malheur souvent utile ,
M'aide à vous dérober au Tyran soupçonneux.
Sur les vaisseaux , qu'Azor accordait à vos vœux,
Madame , à votre époux , demain l'on vous renvoie ;
Ma troupe est votre escorte , & je vous suis à Troie.
Il semble que le Ciel , disposant ces apprêts ,
Veut par nos ennemis servir tous nos projets.
Puisse-t-il , aux dépens de ma vie ignorée ,
Qu'un plus digne trépas aura seul honorée ,
Faire , d'un vil mortel , l'instrument glorieux
Du salut d'un grand Prince & des faveurs des Dieux !

(Il sort.)

✿✿✿

SCENE

SCENE IV.

POLIDORE, ZELMIRE.

POLIDORE.

QUELS fentimens, ma fille, en cette humble
     fortune !
O leçon pour les Grands trop vaine & trop com-
     mune ?
A ces derniers humains quel Roi vient s'abbaiffer ?
Quand ils font malheureux, daignons - nous y
     penfer !
Nos yeux remarquent-ils leur obfcure exiftence ?
Leur zèle la prodigue à notre indifférence :
Et loin de fe venger de nos mépris honteux,
Ils font hommes pour nous, quand nous fouffrons
     comme eux.
Mais, Zelmire, ce fils, l'efpoir de ta tendreffe,
Ce charme de mes yeux, fi cher à ma vieilleffe,
Vas-tu l'abandonner, en fuyant avec moi,
Au tigre à qui ce peuple a confié fon Roi ?
Ah ! je frémirais moins, fi j'expofais fa vie
Dans les antres fanglans des monftres de Lybie.
L'amour & le devoir pourraient-ils aujourd'hui
Te parler pour moi feul & fe taire pour lui ?

B

ZELMIRE.

Le croyez-vous , Seigneur ? mon amour pour mon
        père
M'a-t-il donc arraché ces entrailles de mère ?
Nature , tu m'as fait le plus tendre des cœurs,
Pour rassembler sur lui tout l'excès des malheurs.
Entre mon fils & vous . choix terrible & barbare ! ...
Le sentiment se tâit & la raison s'égare.
J'idolâtre mon fils, j'adore mon époux ....
Mais ne doivent-ils pas donner leur sang pour vous ?
Ma vie est votre bien , je vous la sacrifie. ....
Ils vous sont , comme moi , comptables de leur
        vie. .....
L'un naquit votre fils, l'autre l'est par son choix.....
Ah ! les mêmes devoirs nous enchaînent tous trois.

POLIDORE.

Ton fils mourrait pour moi !

ZELMIRE.

        Lui ! devant qu'il expire, ...
Ciel, choisi le forfait que tu veux me prescrire.

POLIDORE.

Du fil de ses beaux jours, à peine encor naissans,
Payer le reste usé de mes jours languissans !
Pour reculer d'un pas cette tombe où j'aspire,
Etouffer au berceau tout l'espoir d'un Empire !
Toi, qui de la Nature entends si bien la voix,
Songe que pour ton fils elle unit tous ses droits;

Elle ouvre fa carrière aux bornes de mon être ;
Eft-ce à moi de furvivre à ceux que j'ai fait naître ?

ZELMIRE.

Mon père, la douleur nous aveugle tous deux :
Eh ! pouvons-nous fauver cet enfant malheureux ?
Si la fombre fureur du tyran qui m'opprime,
Cherche, en le couronnant, à parer fa victime,
Quand vous voudrez périr, mon fils mourra-t-il
      moins ?....
Je démêle Anténor dans fes perfides foins.
Il tremble que le tems ne dévoile fa rage ;
De mon fils, contre Ilus, il fe fait un ôtage.....
O mon fils, tu vivras, même par fon fecours.
Son intérêt cruel veillera fur tes jours.
Et lorfqu'avec Ilus ramenant la vengeance,
Nous verrons détefté ce monftre qu'on encenfe ;
Seigneur, nous faurons bien dérober à fes traits
Cet objet innocent de fes derniers forfaits.
Fer, flâme, trahifon, tout fera légitime.
L'or à qui, chaque jour, on vend ici le crime,
Peut pour nous, une fois, obtenir des vertus ;
Embraffons cet efpoir, & courons vers Ilus.

SCENE V.

POLIDORE, ZELMIRE, LE SOLDAT.

LE SOLDAT.

POur la dernière fois hâtez-vous de defcendre ,
Seigneur , dans cet azyle où je fçaurai me rendre.
    (*A Zelmire.*)
Anténor vous cherchait pour vous entretenir ,
Madame ; Éma lui parle & l'a fû retenir.
Mais je l'entends ; fouffrez que j'échappe à fa vûe.
        [*Il fait rentrer le Roi & fuit.*]

ZELMIRE.

De quels tranfports nouveaux mon ame eft combattue !
O mes yeux , démentez ma crainte & ma fureur ,
N'allez pas l'avertir des troubles de mon cœur.

SCENE VI.

ZELMIRE, ANTÉNOR, EMA, GARDES.

ANTÉNOR.

ON veut que par ma voix vous soyez informée
Et des desirs du peuple & des vœux de l'Armée,
Madame: vers ce Temple il fallait vous chercher;
Un repentir trop lent vous y semble attacher:
Vous y venez des Dieux conjurer la vengeance;
Mais il est des forfaits qui passent leur clémence.
Votre père par vous à ses bourreaux livré,
Sous un Temple brûlant, dans la flâme expiré,
Ne vous laisse à pleurer qu'un crime irréparable;
Qu'excuse vainement un peuple aussi coupable.
Tant qu'Azor a regné, j'ai dû, forçant mes vœux,
Fermer sur sa conduite un œil respectueux;
Mais aujourd'hui qu'enfin sa fureur est punie,
Je vengerai sa mort en condamnant sa vie.
Quant au jeune Monarque entre mes mains remis,
Malheureux quelque jour de se voir votre fils,
Je ne souffrirai pas qu'ici votre présence
Offre un modèle indigne aux yeux de son enfance:
Portez à votre époux votre barbare main,
Les vaisseaux sont tout prêts, vous partirez demain.

Z E L M I R E, *accablée d'étonnement.*

Vos reproches, Seigneur, ont droit de me confondre.
　　(*Reprenant sa fierté.*)
Mais devant un sujet je n'ai point à répondre.
Je ne prends point pour Juge un vain peuple, ni vous
Mes Juges sont les Dieux, mon cœur & mon époux.

A N T É N O R.

Votre époux ! il est vrai que sa naissante flâme,
Sur vos fausses vertus éclaira mal son ame;
Etranger, & séduit par vos trompeurs appas,
A peine un prompt hymen l'avoit mis dans vos bras;
Que la Gloire en nos camps emporta sa vaillance,
Et bien-tôt à Pergame appella sa vengeance;
Mais lorsque son amour, trop digne de pitié,
Saura quel est le cœur où le sien s'est lié;
Il punira sur vous, honteux de son outrage,
Le crime qu'il déteste & l'affront qu'il partage.

Z E L M I R E.

Je frémis d'y penser ! peut-être qu'en ce jour
Un récit trop cruel me ravit son amour . . .
Mais vous, à qui Lesbos vient d'offrir la Couronne,
Recueillez tous nos droits, votre sang vous les donne.
Et souffrez que d'Ilus appaisant les fureurs,
Je porte à ses génoux & mon fils & mes pleurs.

A N T É N O R.

Ce fils est notre Maître, il n'est plus à sa mère.

Z E L M I R E.

Lesbos, sans vos conseils, le rendait à son père.

Quel intérêt secret vous fait donc rejetter
Un sceptre , qu'en vos mains nous venons tous porter ?
Mais au peuple,à mon tour,je veux me faire entendre.
Il est d'autres faveurs où j'ai droit de prétendre :
De fidéles amis qui veulent , sur mes pas ,
Cherchant d'autres destins ...

ANTÉNOR.

Non , ne l'espérez pas :
Des meurtriers d'Azor la funeste prudence.
Saisirait ce moment pour fuir notre vengeance.
La suite , les vaisseaux qui vous sont destinés ,
Par mes sévères yeux , seront examinés.

ZELMIRE, *à part.*

O mon père !

ANTÉNOR.

Quelle est cette terreur subite ?
Vouliez-vous du coupable autoriser la fuite ?

ZELMIRE.

Ah ! Seigneur , qu'avec joie une si foible main
Du meurtrier d'Azor déchirerait le sein ! ...
Mais c'est moi qui gémis , & lui seul est tranquile.

SCENE VII.

Les Acteurs précédens, RHAMNES, *nom-*
breuse Suite de Soldats Thraces & Lesbiens.

R H A M N E S, *arrivant entre le Temple & le*
Tombeau.

SIx vaisseaux Phrygiens font voile vers cette Isle,
Seigneur, & d'un esquif plus prompt & plus leger,
Ilus vient de descendre au pied de ce rocher.

ANTÉNOR.

Ilus *!*

ZELMIRE.

Ah *!* je renais *!*

ANTÉNOR.

En quel tems il arrive *!*

RHAMNES.

A peine il fut deux mois absent de cette rive :
Mais il ne peut savoir quels troubles odieux
Changent, depuis sept jours, la face de ces lieux ;
Il demande Zelmire, & le voici lui-même.

SCENE VIII.

Les Acteurs précédens. ILUS, EURIALE.

ZELMIRE, *courant vers Ilus.*

CHER Prince, cher époux....

ILUS, *arrivant entre le Temple & le Tombeau.*

Aux pieds de ce que j'aime ;
Je peux donc apporter mon cœur & mes lauriers,
Mes avides desirs devancent mes guerriers ...

ZELMIRE, *épouvantée, regardant autour d'Ilus ,*
& ne voyant qu'Euriale.

Quoi *!* ... presque seul ?

ILUS.

Bientôt ma suite descendue,
Peu nombreuse en effet , mais encor superfluë ,
Doit vous offrir un Roi dans mes fers arrêté ,
Que j'aime à voir de vous tenir sa liberté :
Mes dons me sont plus chers par les mains que j'adore.
Mais venez , chere épouse , allons vers Polidore ;
Qu'en ce père si tendre , à mon amour rendu ,
Je retrouve du mien & l'âge & la vertu ...
Vous ne répondez point , & de larmes trempée ...

ZELMIRE, *accablée , regardant Anténor & les*
Gardes qui l'entourent.

Ilus.....

ILUS.

Parlez.

ANTÉNOR, *voyant que Zelmire ne répond pas.*

Seigneur, votre attente est trompée :
Polidore n'est plus. Il est mort déthrôné ;
Par son peuple proscrit, par son fils condamné,
Il chercha près des Dieux un refuge inutile ;
Le courroux des vainqueurs embrâsa son asile.

ILUS.

Grands Dieux ! qu'entends-je ? Où suis-je ? Ah ! jamais
les Enfers
N'ont vomi tant d'horreurs sur ce triste Univers.
Chere épouse, fuyons cette rive éxécrable. . . .
Je vengerai ta mort, o pere déplorable !
(*Prenant la main de Zelmire*)
J'en jure par Zelmire, & par ce nœud sacré. . . .

ANTÉNOR.

Vains serments ! vous tenez la main qui l'a livré.

ILUS.

Zelmire ?. . . Est-il vrai ?. . . Non, vous me trompez,
barbare.

ANTÉNOR.

Qu'elle parle, Seigneur.

ILUS.

La vertu la plus rare,
Zelmire parricide !

ZELMIRE.

Ah ! Prince, ignorez-vous ?. . .
(*A part.*)
Dieux ! je perds en parlant mon pere & mon époux,

Sans défenſe tous deux.....

ILUS.

Répondez donc , cruelle.

ZELMIRE, *à part.*

Mon cœur , immole-toi ; la cauſe en eſt trop belle.
(*A Ilus.*)
Oui , réduite à choiſir de mon pere ou d'Azor....
(*Vivement & avec effort.*)
Ce que j'ai fait enfin , je le ferais encor.

ILUS, *reculant d'horreur.*

Monſtre dénaturé , déteſtable furie ,
Tu m'oſes , ſans trembler , vanter ta barbarie ?...
Quand ton pere eût ſur toi levé le fer cruel ,
Il fallait préſenter ton cœur au coup mortel ,
Le plaindre en expirant ſous ſa fureur impie :
Je pleurerais ta mort... je déteſte ta vie ;
J'abjure notre hymen , & je maudis le jour
Où ton infâme cœur a trompé mon amour ;
Je vais loin de tes yeux , de ton Iſle abhorrée ,
Expier le forfait de t'avoir adorée.

ZELMIRE, *avec éclat.*

Seigneur , daignez du moins....
[*Puis ſe retenant & d'un œil myſterieux.*]
Voir encor votre fils.

ILUS, *ſans la regarder.*

Va , je cours vers Azor , pour qu'il me ſoit remis.

ZELMIRE.

Azor n'a pas longtems joui du diadême ,
Ilus , des inconnus l'ont immolé lui-même.

ILUS.

[*A Zelmire.*] [*A Anténor.*]
Le Ciel est juste... Tremble... Est-ce vous qui regnez?

ANTENOR.

Moi ! Du thrône, Seigneur, mes droits sont éloignés;
Il est à votre fils.

ILUS.

Non : sa mere cruelle
L'acquit par des forfaits ; mon fils n'attend rien d'elle.
Ilion a pour lui des sujets vertueux ;
Par mes leçons un jour il sera digne d'eux :
D'un amour paternel montrerais-je des marques ,
Lui donnant des sujets bourreaux de leurs Monarques ?

ANTÉNOR.

Seigneur....

ILUS.

C'en est assez. Vous m'avez entendu.
Que dans ce même jour mon fils me soit rendu ;
Ou j'atteste les Dieux que ma juste vengeance
De Troie & de l'Asie armera la puissance ;
Que vous m'allez revoir sur ce coupable bord
Porter le fer , le feu , le carnage & la mort;
Détruire , annéantir tout ce climat barbare,
Plus rempli de forfaits que le fond du Tartare ;
Vos repaires sanglans qui vomirent au jour
L'effroi de la nature & l'horreur de l'amour.
[*Il sort.*]

ANTÉNOR, *à Rhamnès*.

Je marche sur ses pas ; toi rassemble l'armée ;
Et que de tant d'affronts elle soit informée.
[*Il sort avec tous les Gardes.*]

SCENE IX.

ZELMIRE, *à ÉMA.*

VOLE, fuis mon époux, que ton zèle difcret
L'aborde avec prudence & l'inftruife en fecret.
Va, j'ai trop dévoré cette infamie affreufe.
[Éma fort.]

Que j'aime, cher Ilus, ta fureur vertueufe !
Dans quels tendres tranfports tu la vas abjurer !
Plus tu me maudiffais, plus tu vas m'adorer.

   Grand Dieu ! quel défenfeur ta bonté nous envoie !
Mon pere, fans péril, va nous fuivre dans Troie ;
Mes mains vont l'arracher de ce fatal féjour.....
Ce foin m'eft bien plus cher que ceux de mon amour.
Pour déchirer un cœur, pour creufer fa bleffure,
Que font les paffions auprès de la Nature ?

Fin du fecond Acte.

ACTE III.

SCENE PREMIERE.

ANTENOR, *seul.*

INSI tous ces projets ſi ſagement tracés,
Par le retour d'Ilus, ſe trouvent renverſés.
On lui remet ſon fils privé du diadême ;
On penſe le punir & me plaire à moi-même.
Sceptre tant déſiré, quand j'ai tout fait pour toi,
Croyais-je, quelque jour, t'obtenir malgré moi ?
Faut-il au même inſtant perdre le ſeul ôtage
Qui pût me garantir ce ſanglant héritage ?
Sur ce thrône incertain, je vais toujours frémir ;
Avant que d'y monter, je voulais l'affermir.

Si, dévoilant un jour l'attentat qui m'y place,
Protecteur de ſon fils & vengeur de ſa race,
Ilus vient réclamer des droits trop aſſurés,
Dans un premier tranſport vainement abjurés ;
Où ſera ma reſſource ?... Et que ſais-je peut-être ?
Si le Prince expirant m'a pû faire connaître,

Ces témoins que je crains, que j'allarme encor plus,
Voudront mettre à profit la préfence d'Ilus.

[*D'une voix tremblante & avec faififfement.*]
Ce noir preffentiment, cette frayeur foudaine,
Du péril que je cours eft la marque certaine....
Il faut, pour le parer, recueillir tous mes fens.

[*Après un peu de filence & de réflexion.*]
Ilus eft feul ici : dans fes chagrins preffans,
Voulant loin de nos bords précipiter fa fuite,
Son ordre, en fes vaiffeaux. a retenu fa fuite....
Partout le meurtre encore enfanglante ces lieux....
Aux peuples outragés Ilus eft odieux ;
Tout Lefbos apprendrait fon trépas avec joie....
Lui mort, fon fils me refte, & je peux braver Troie.
Je ne crains, en un mot, qu'Ilus dans l'Univers ;
Et par un crime heureux, les autres font couverts.
    Quelle main me rendra ce dangereux fervice ?
Ah! comme auprès d'Azor, fi quelqu'inftant propice ;
Sans fecours étranger, favorifait mon bras ! ...
Mais il vient... O fortune ! ... Un ami fuit fes pas....
Il peut s'en féparer.... Voici l'heure fatale ;
S'il l'éloigne, il eft mort.

[Il va fe cacher entre les arbres qui
environnent le Temple.]

SCENE II.
ILUS, EURIALE.

ILUS, *arrivant de l'autre côté du Théâtre.*

Enfin, cher Euriale,
Mon défespoir plus libre, implorant ta pitié,
Peut épancher fes pleurs au fein de l'amitié.
Accablé fous les maux dont l'horreur me confume,
Dabord leur pefanteur m'en cachait l'amertume :
De mon ardent courroux la premiere chaleur,
Dans mes fens foulevés fufpendait la douleur :
Je commence à fentir ma bleffure cruelle,
Qu'un trait empoifonné rend toujours plus nouvelle.
Dans ce cœur violent l'amour impétueux,
De mon ambition abforbait tous les feux ;
Je préférais Zelmire à la gloire des armes,
Je croyais fa beauté le moindre de fes charmes :
Ses yeux m'avaient domté par un pouvoir vainqueur ;
Mais mon cœur ne cédait qu'aux vertus de fon cœur.

Trompeufe illufion, que j'ai trop adorée !
La vérité fe montre à ma vue éplorée ;
J'en détourne les yeux, je frémis de la voir,
Et n'en pouvant douter ne la puis concevoir.
Ah ! qu'il eft dur de perdre une erreur fi flatteufe,
De changer tant d'amour en une horreur affreufe,
Et de ne trouver plus qu'un Monftre détefté
Dans l'objet, dont mon cœur fit fa Divinité !

EURIALE.

Seigneur, le doute entrait dans mon ame agitée ;
Mais de fa honte enfin Zelmire s'eft vantée,
Et nous avons rougi de voir ce peuple entier
S'empreffer devant vous à la juftifier ;
L'applaudir, dans l'accès de leur noire furie,
D'avo r facrifié fon pere à fa patrie.
Qui croira, juftes Dieux *!* qu'à fa timidité
Ce fexe puifle unir tant de férocité ?

ILUS.

Quand ce fexe timide, à fes devoirs fidèle ;
Suit de fes douces mœurs la pente naturelle,
Ce fentiment plus tendre en fon cœur répandu
Par fa délicatefle épure la vertu.
Mais quand cette douceur avec peine abjurée,
Laifle aux fureurs du crime une femme livrée :
S'irritant par l'effort que ce pas a coûté,
Son ame, avec plus d'art, a plus de cruauté.
Ah ! ne fongeons qu'à fuir, la plainte eft inutile.

EURIALE.

Je ne fais, mais Éma me fuivant dans la ville,
Loin de vous, par la foule, écartée à regret,
Demandait pour Zelmire un entretien fecret.

ILUS.

Qui ? Moi *!* La voir encor, c'eft partager fon crime ;
J'attends ici mon fils, que ce feul foin t'anime ;
Cours hâter fon départ.

[Euriale fort du côté oppofé au Temple.]

SCENE III.

ILUS, ANTÉNOR.

ILUS.

ENFANT infortuné ;
Qui dois gémir un jour & rougir d'être né,
Que ne puis-je, à tes yeux dérobant ta misère,
Te forcer d'ignorer la honte de ta mere ?
Il faut la réparer par la gloire d'Ilus ;
Pour te rendre l'honneur, redoublons de vertus.
(Il s'appuie sur une colonne du Temple.)

ANTÉNOR, *qui est sorti de sa retraite pendant les*
vers précédens, & qui suit des yeux Euriale.

Euriale s'éloigne & ne peut plus entendre....
J'ai trouvé le moment pour avoir su l'attendre.
Ilus est absorbé dans ses chagrins affreux,
Rien ne peut le sauver. Frappons.
(Il tire son poignard & lève le bras.)

SCENE IV.

ZELMIRE, ILUS, ANTÉNOR.

ZELMIRE, *arrivant entre le Temple & le Tombeau, saisissant de ses deux mains le bras d'Anténor, & lui arrachant le poignard.*

AH ! malheureux !

(*Anténor, se débattant avec Zelmire, lui saisit la main gauche, tandis qu'elle tient le poignard de la droite.*)

ILUS, *les surprenant dans cette attitude.*

Que vois-je ?

ANTÉNOR, *après un peu de silence.*

Vous voyez une épouse perfide,

Qui, sans moi, consommait un nouveau parricide.

ZELMIRE, *épouvantée.*

Ciel !.. ô ciel ! je me meurs.

(*Elle tombe évanouie sur les marches du Temple.*)

ILUS.

O comble de l'horreur !

Quoi ! le sang paternel n'éteint pas sa fureur !

Quoi ! c'était là l'objet & la fin criminelle

Du secret entretien que cherchait la cruelle !

ANTÉNOR, *avec un grand trouble.*

Seigneur, sur ce complot il faut encor trembler ;

Ma garde n'est pas loin, & je cours l'appeller.

(*Il fait entrevoir par son geste qu'il a quelque dessein secret.*)

SCENE V.
ILUS, ZELMIRE.
ILUS.

JE fuccombe ... la mort fur fon vifage eft peinte...
Ah ! du crime en fes traits qui pourrait voir l'empreinte?
(Approchant de Zelmire.)
Cher & barbare objet & de haine & d'amour,
Rends-moi ton pere, hélas ! & m'arrache le jour.

ZELMIRE, *revenant à elle.*
Quel nom frappe mes fens?.. ce jour me luit encore..
Vous vivez....

ILUS, *très-vivement.*
Tu voulais m'unir à Polidore ;
De ce Héros, en moi, tu craignais un vengeur,
Va, digne fœur d'Azor, évite ma fureur.

ZELMIRE, *se levant.*
Ilus, écoutez-moi.

ILUS, *la fuyant.*
Qu'oferas-tu me dire ?
ZELMIRE.
Sachez qu'en ce tombeau....

SCENE VI.

ANTÉNOR, ILUS, ZELMIRE, THRACES.

ANTÉNOR, *arrivant avec précipitation, & se mettant entre Ilus & Zelmire.*

Qu'on arrête Zelmire ;
Qu'on l'entraîne à la tour : ayez soin de veiller
Qu'aucun n'ose en secret la voir ni lui parler.

ILUS.

Anténor , je suis loin d'exculer l'infidelle....
Songez que son époux doit seul disposer d'elle.
Allez, que dans la Tour on retienne ses pas ;
Mais sur son sort enfin qu'on ne prononce pas.

ANTÉNOR.

Je n'abuserai point d'un trop faible service ;
J'ai prévenu le crime, ordonnez du supplice.

ZELMIRE.

[*A Anténor.*]　　　　[*A Ilus*]
Exécrable imposteur. . . Voilà votre assassin ,
Ilus ; mes bras à peine ont retenu sa main.

ANTÉNOR.

Qui ? Moi ! Quel intérêt ! . . Quelle aveugle furie !...
Grands Dieux ! au parricide unir la calomnie !
[*A Ilus.*] Moi, qui pour votre fils ai réclamé la foi

De ce peuple imprudent qui me nommait ſon Roi,
Je porterais ſur vous une main ſanguinaire !...
[*A Zelmire.*]
Oſe auſſi m'accuſer du meurtre de ton père.
　　　　Z E L M I R E, *prête à parler & ſe retenant.*
　　　　　　　[*A Ilus.*]
Que répondre ?... Appellez votre garde en ces lieux :
Tremblez.... d'abandonner un gage précieux,
Si cher à votre amour, plus cher à ma tendreſſe,
　　　[*En jettant quelques regards ſur le Tombeau.*]
Qu'en des périls plus grands le Ciel plonge ſans ceſſe...
Éma peut en vos mains le remettre aujourd'hui....
　　　　　[*Fondant en larmes.*]
Ah ! laiſſez-moi périr & fuyez avec lui.
　　　　　I L U S, *à part.*
Faut-il qu'en ce moment ſon fils ſeul l'attendriſſe !
[*A Anténor.*]
Qu'on l'ôte de mes yeux, elle accroît mon ſupplice.
　　　A N T É N O R, *ſortant avec Zelmire*
　　　　　　　　　& les Gardes.
Allons creuſer le piége ; il eſt encor couvert.
　　　　[*Zelmire regarde attentivement ſi Anténor*
　　　　ne reſte pas avec Ilus.]

SCENE VII.

ILUS, *seul.*

QUEL abîme d'horreurs où ma raifon fe perd !
D'un ou d'autre côté l'impofture eft fi noire...
Se peut-il qu'Anténor ?... Tout vante ici fa gloire ;
Il couronnait mon fils , & ferait mon bourreau !...
Mais qu'annonçait Zelmire en nommant ce tombeau ?
J'ai vû fes yeux fouvent s'y tourner avec crainte....
Je veux , le fer en main , parcourir cette enceinte.

[Il approche du Tombeau & s'arrête.]

Peut-être qu'un complice.... Ah ! dans ces triftes lieux
Que n'es-tu , Polidore , au fein de tes ayeux ?
Quel plaifir d'immoler un Traître fur ta cendre ;
Dût couler dans fon fang tout le fang de ton gendre !
Entrons. .... Ciel ! me trompé-je ? Un bruit fourd &
　　confus....
On ouvre.　　　　*[Il met la main fur fon épée.]*

SCENE VIII.

POLIDORE, ILUS.

POLIDORE, *ouvrant le Tombeau.*

C'EST fa voix ; je l'entends , c'eft Ilus.
(En fortant.)
C'eft mon libérateur que le Ciel me préfente,

Ah ! mon cher fils.
ILUS, *tout éperdu.*
Grands Dieux ! ... Zelmire eſt innocente.
(*Il embraſſe Polidore.*)
Ah ! voilà de ſes pleurs le myſtere expliqué :
Voilà ce cher dépôt qu'ils m'avaient indiqué.
Courons la délivrer. . . . Mais Ciel ! que vais-je faire ?
Eſt-ce donc la ſauver que de perdre ſon père ?...
Vos dangers ſont encor plus preſſans que les ſiens :
(*A Euriale qui entre.*)
Fais ſoudain ſur ces bords deſcendre mes Troyens.

SCENE IX.

POLIDORE, ILUS, EURIALE.

EURIALE.

Quoi ! Seigneur, Polidore...
ILUS, *avec la plus grande vivacité.*
Oui, mon pere reſpire :
Et ſi j'en crois mon cœur, par les ſoins de Zelmire :
Mais le crime & la mort les aſſiègent tous deux ;
Cher ami, ſauvons-les , & mon fils avec eux.
Pars.
EURIALE.
Je vous apportais ſon enfance craintive.
Anténor , qui ſuivait votre épouſe captive ,
Lui-même de mes mains l'a ſoudain retiré.
» Le départ des Troyens, dit-il, eſt differé ;
» Ilus

« » Ilus tombait, fans moi, fous les coups de Zelmire;
« » Je veux fur ce complot m'éclairer & l'inftruire.

P O L I D O R E.

Quel eft donc ce difcours ? Quel attentat nouveau ?....

I L U S, *toujours vivement.*

Le lâche dans mon cœur enfonçait le couteau :
Défarmé par Zelmire, il l'accufe elle-même ;
Je l'ai cru ... pardonnez ... ô courage fuprême !
Se montrant criminelle à force de vertu ,
Elle ofait fe vanter de vous avoir perdu.
L'opprobre...les affronts...les tourmens qu'elle endure...
Ah ! jofai la nommer l'effroi de la Nature !

P O L I D O R E.

Elle ?... Elle en eft, mon fils, le prodige & l'honneur ;
Si vous faviez ... mais non. Délivrons-la , Seigneur.
    (*A Euriale qui fort entre le
      Temple & le Tombeau.*)   (*A Ilus.*)
Cours armer les Troyens... Nous , difpofons enfemble
Pour l'ordre du combat.....

SCENE X.

POLIDORE, ILUS, ÉMA.

ÉMA, *arrivant du côté de la ville.*

Quel bonheur vous raſſemble ;
(*A Ilus.*)
Chers Princes ! . . . Je venais diſſiper votre erreur,
Et découvrir mon maître à ſon digne vengeur :
Le Ciel prévient mes vœux. . . . Mais je dois vous ap-
    prendre
Qu'à la porte de Mars un ſoldat veut vous rendre
L'écrit qu'Azor mourant remit entre ſes mains,
Et qui de tout l'État renferme les deſtins.

POLIDORE, *vivement.*

Du triomphe, Seigneur, c'eſt l'infaillible gage :
C'eſt la foudre & la mort pour ce monſtre ſauvage ;
Qui maſſacra mon fils & feint de le venger.
    (*A Éma.*)
Mais que devient Zelmire en ce preſſant danger ?

ÉMA.

Elle eſt, non loin du camp, dans la tour renfermée ;
Anténor, ſous la tente, a fait rentrer l'armée ;
Lui-même à Mitylene il va porter ſes pas.
Il feint de ſuccomber ſous de tels attentats ;
Et veut, dans le Palais, où ſon thrône s'apprête ;
Conſulter tous les Grands & le Prince à leur tête.

ILUS.

Bientôt avec ce fer ma main lui répondra.
De la lettre d'Azor l'aspect le confondra.
Ah ! chere épouse , enfin je crains moins pour ta vie.
D'un crime trop public Anténor se défie ;
Tandis que , pour me perdre , il cherche à m'arrêter ,
Pensez-vous qu'à Zelmire il voulût attenter ?
Il vous faut , le premier , dérober à sa rage.
(*A Éma qui sort.*)
Toi , cours vers ce soldat , qu'il se rende au rivage.
Seigneur , sur mes vaisseaux je vais guider vos pas :
Je revole à l'instant , suivi de mes soldats ;
Je surprends , je ravis dans sa prison funeste ,
Cette épouse qu'on croit que ma fureur déteste ;
Et dans l'écrit vengeur que je viens déployer ,
Je montre au camp surpris Anténor tout entier.

POLIDORE.

Et dans de tels momens vous voulez que je fuie ?
Ma fille m'a contraint à supporter la vie :
Et lorsque son grand cœur veut s'immoler pour moi ,
Je craindrais d'exposer des jours que je lui doi ?
Non, non, Seigneur. Je sens, sous les glaces de l'âge ,
Le feu de mon amour rallumer mon courage :
Malgré mes sens flétris je retrouve mon cœur ;
Et mes bras énervés reprennent leur vigueur.
Hélas ! ce tendre soin de défendre sa race
A l'Etre le plus faible inspire quelque audace.
Nature , je l'appris de ma fille & de toi ,
Tu nous mets pour toi-même au-dessus de ta loi.

C ij

Amenez vos foldats : je veux , guidant leur zèle ;
Vous rendre votre époufe ou périr avec elle.

I L U S.

Vous me faites frémir. Ah ! vous allez fur vous
De fa garde barbare appeller tous les coups :
Dès qu'ils vous connaîtront , votre perte trop fûre...

P O L I D O R E.

Donnez-moi d'un Troyen & l'habit & l'armure ;
J'y confens. Près de vous , combattant fans éclat ,
Souverain déthrôné , je ne fuis qu'un foldat.
O ma fille , à quel fort tous mes revers t'expofent !
Mes jours ne valent pas les tourmens qu'ils te caufent;

Fin du troifiéme Acte.

ACTE IV.

SCENE PREMIERE.

ZELMIRE, ÉMA, EURIALE, SOLDATS TROYENS, *arrivant entre les arbres du côté de la ville.*

ZELMIRE.

Ù me conduisez-vous fur ces funeftes
      bords,
Parmi des flots de fang & des monceaux
      de morts ?

EURIALE.

Suivez-nous, dans l'afile où vous attend un père,
Ilus nous a prefcrit cet ordre néceffaire ;
Vos gardes, fur fes pas, par fa feinte attirés,
M'ont laiflé, vers la Tour, des chemins affurés.
Si j'ai brifé vos fers, lui feul en a la gloire.
Tandis que ce Héros, pourfuivant fa victoire,

C iij

S'ouvre un nouveau passage au pied de ces rempars
Où son fils est gardé vers la porte de Mars ;
Qu'il court à vos Tyrans ravir ce dernier gage ;
Venez, sur nos vaisseaux, fuir ces champs de carnage.
Polidore y respire, on y retient ses pas.

ZELMIRE, *avec transport.*

Il est sur vos vaisseaux ! ... Je vole dans ses bras.
Mon père ! ... Viens, Éma... Quels cris se font en-
      tendre !

EURIALE.

Quels nombreux escadrons je vois partout s'étendre !
On enveloppe Ilus.

ZELMIRE.
Courez à son secours ,

Allez tous... Ah ! vivrais-je aux dépens de ses jours.
[*Les Trojens sortent par où ils sont entrés.*]

SCENE II.

ZELMIRE, ÉMA.

ZELMIRE, *regardant du même côté.*

JE découvre de loin cette horrible mêlée.....
Éma, des ennemis l'audace est ébranlée,
Sous l'effort des Troyens leur choc s'est ralenti.
Dieux ! rangez-vous enfin du plus juste parti.
Aux Guerriers vertueux Mars doit être propice ;
La Gloire est trop souvent le prix de l'Injustice.

Suis-moi , je veux ... ô Ciel ! les Troyens difperfés
Sous des renforts nouveaux font partout renverfés ;
Ilus rallie en vain fa cohorte éperdue. ...
Tout , dans ce trouble affreux , fe confond à ma vue.
(Elle tombe dans les bras d'Éma.)

(Un Troyen traverfe le Théâtre tenant à la main
une épée caffée ; il regarde avec action vers
la couliffe d'où il fort , tournant le dos à
Zelmire , & il marche vers le Tombeau.)

É M A.

. Ah ! Zelmire , un Troyen , dont le glaive eft rompu ,
Marche vers ce tombeau , fans paraître vaincu.

Z E L M I R E, regardant.

Je ne puis voir fes traits...il entre .. Ah ! dans cette Ifle
Tous les infortunés n'ont donc plus d'autre afile ?

É M A.

Madame , on l'y pourfuit ; on l'a vu s'y cacher.

Z E L M I R E.

Quel bonheur que mon père ait pû s'en arracher !

SCENE III.

ZELMIRE, ÉMA, RHAMNES, SOLDATS LESBIENS.

RHAMNES, *après avoir regardé de tous côtés.*

Ainsi ce chef Troyen échappe à ma vengeance ;
Mais Zelmire du moins retombe en ma puissance ;
Sans doute il aura fui jusques dans leurs vaisseaux ;
Il faut les embrâser ; apportez des flambeaux.
Hâtez-vous.　　　　　*(Une partie des soldats sort.)*

ZELMIRE, *à part*
Quel destin, mon père, on vous apprête !
Quoi ! Les flammes partout poursuivront votre tête !
(*A Rhamnès.*)
Cruel, épargne-toi de nouveaux attentats ;
Ce chef jusqu'aux vaisseaux n'a point porté ses pas ;
Je l'ai vû. . . Mais a-t-il mérité les supplices,
Quand il a pour son Roi prodigué ses services ?
Crains de donner ici des exemples d'horreurs,
Qu'un jour imitera le fer de nos vengeurs.

RHAMNES.
Que ce vaincu se rende & reçoive sa chaîne.
C'est mon captif ; il a trop de droits à ma haine ;
Dans le fort du combat il semblait me chercher ;
J'ai vu son fier courage à moi seul s'attacher ;
S'il était Lesbien, il périrait en traître. . . .

Mais il eſt étranger, il a ſervi ſon maître ;
Dites-nous où vos yeux l'ont vu ſe retirer,
Devant tous mes ſoldats je veux bien le jurer ;
En lui donnant des fers, ma clémence & ma gloire
N'étendront pas plus loin les droits de la victoire.

ZELMIRE.

Moi, barbare, à tes fers, livrer ce malheureux !

(A part, à Éma, avec la plus grande vivacité, en voyant les ſoldats revenir avec des flambeaux.)

Mais, Ciel ! dans les vaiſſeaux ils vont lancer les feux !

[A Rhamnès.]

Et mon père... Je cours au-devant de la flâme
Me jetter....

RHAMNES, *à deux ſoldats qui arrêtent Zelmire.*

Qu'on l'arrête ... A vos frayeurs, Madame,
Je vois qu'en ces vaiſſeaux mon eſclave eſt caché.

(Il veut ſortir.)

ZELMIRE, *toujours retenue par les ſoldats.*

Non, non ; c'eſt au tombeau....

RHAMNES, *en s'arrêtant, dit à d'autres ſoldats.*

Qu'il en ſoit arraché-
Entrez.

(Ils entrent dans le Tombeau.)

ZELMIRE *à part, avançant ſur le devant du Théâtre.*

Mon père, hélas ! pour un autre attendrie,
Dois-je à ſa liberté ſacrifier ta vie ?...
D'où naiſſent tout à coup des tranſports ſi preſſans ?
Quel tremblement ſoudain agite tous mes ſens !

C v

SCENE IV.

Les Acteurs précédens , POLIDORE,
en habit Troyen.

POLIDORE, *fortant du Tombeau , fe
débattant avec fon épée caffée.*

Lasches, dans mon malheur, je vendrai cher encore.

ZELMIRE.

Qu'entends-je ?

RHAMNES, *ayant couru vers Polidoré ,
& lui faififfant le bras.*

Rends ce fer.

ZELMIRE, *courant au bruit.*

Arrêtez.

RHAMNES, *reconnoiffant le Roi , dont
le cafque tombe.*

Polidore !

ZELMIRE.

Mon père !

POLIDORE, *la recevant dans fes bras.*

Ah ! mon amour nous a perdus tous deux.

ZELMIRE.

Eh ! c'eft moi qui vous perds. Ce parricide affreux
Reproché tant de fois à mon ame innocente,
Le voilà confommé par ma crainte imprudente :
Le Ciel de vos bourreaux égarait la fureur ,
Au devant de leurs coups j'ai porté votre cœur :

J'ai cru qu'en ces vaisseaux qu'ils voulaient mettre en
    cendre....

POLIDORE.

Aux vœux de ton époux j'avais feint de me rendre.
Ses efforts importuns croyaient m'y retenir ;
Mais bientôt sur ses pas il m'a vu revenir.
J'attaquais avec lui ta garde dispersée ;
On m'apprend que déjà la tour était forcée ;
Et je viens, combattant un ennemi nouveau,
Sur le chemin d'Ilus, t'attendre en ce tombeau ;
Ce fer trahit mon bras....

ZELMIRE.

        A mes douleurs mortelles
Chaque instant vient mêler des souffrances nouvelles.
Quoi ! Le soin de mes jours armait vos faibles mains
Quand je vous entourais de glaives assassins ! ...

RHAMNES.

Soldats, vers Anténor, que tous deux on les traîne :
Nous étions trompés tous, & ma promesse est vaine.

ZELMIRE, *avec impétuosité, & courant à Rhamnès.*

Rhamnès, & vous soldats, daignez tous m'écouter :
Aux jours de votre maître est-ce à vous d'attenter ?
O Lesbiens, le sang qu'on puise en ma patrie,
Des Thraces nos Tyrans n'a point la barbarie.
Ces féroces mortels ont endurci vos mœurs :
Mais l'humanité sainte est au fond de vos cœurs.
Qu'au nom de votre Roi, le remords la réveille.
De ses jours préservés l'éclatante merveille,

Ses malheurs, ses dangers, * son âge, dont l'aspect
Desarme la colere & la force au respect,
Les cris, le désespoir de sa fille éplorée,
Tout rend à votre foi sa tête plus sacrée.
Rhamnès, un rang illustre a flatté tes souhaits ;
Mais tu n'as point vieilli sous le joug des forfaits :
L'exemple d'Anténor, ses succès détestables
Auront pu t'entraîner sur ses traces coupables :
Quelque prix qu'à tes vœux sa faveur puisse offrir,
Ferons nous moins pour toi, si tu veux nous servir ?
Épure ta grandeur & la rends légitime :
Obtiens par la vertu ce que tu dois au crime :
[*Se retournant vers son père.*]
Seigneur, il s'attendrit . . .
                    [*Se précipitant aux pieds de Rhamnès.*]
                              J'embrasse tes genoux :
Songe à tous tes sermens, remplis les ; venge-nous :
Tu juras d'immoler l'assassin de mon frère ;
C'est . . . Dieux ! ce Monstre approche.
                              [*Elle se relève.*]

---

* *Elle montre son pere à Rhamnès.*

SCENE V.

Les Acteurs précédens, ANTÉNOR, *avec une nombreuse suite de soldats Thraces,* ILUS, EURIALE, *Troyens, enchaînés.*

ANTÉNOR, *à Rhamnès.*

EH bien ! ce téméraire
Qui paya tous mes soins par des complots pervers,
De nos Thraces vainqueurs, Ilus reçoit des fers.
Je ne te dois pas moins : ta valeur que j'admire
A vaincu la premiere, & m'a rendu Zelmire.

RHAMNES.

Seigneur, si quelque prix à mon service est dû,
C'est pour un don plus grand & plus inattendu,
Qui même en vous l'offrant m'interdit & m'étonne.
Regardez ce Troyen.   [*Il montre Polidore.*]

ANTENOR.

Se peut-il ?...

ILUS.

Je frissonne.

ANTÉNOR.

Polidore vivant !

ILUS.

Ciel !

POLIDORE.

Oui, traître, c'est moi.
Baisse les yeux, & tremble à l'aspect de ton Roi :

Sens la confusion, la rage frémissante
D'un assassin surpris que son juge épouvante.
Je te parle en vainqueur au sein de mes revers ;
Le Crime couronné craint l'Innocence aux fers.

[*Anténor veut le regarder d'un air assuré.*]

Tu caches ta terreur sous les traits de l'audace :
Je vois ton front pâlir, lorsque ton œil menace.

ANTÉNOR, *avec un grand calme affecté.*

Et d'où viendrait, Seigneur, ma crainte ou mon cour-
　　　　roux ?
Le sceptre est un fardeau dont je suis peu jaloux :
J'ai refusé ce rang dont on vous fit descendre ;
Si Lesbos le permet, vous pouvez le reprendre.
Mais je doute qu'au gré de ce peuple vengeur,
Azor, dans son bourreau, trouve son successeur.

[*Vivement à sa suite.*]

Amis, nos yeux en vain cherchaient le bras impie
Qui du Dieu de vos cœurs a privé la patrie :
Faut-il nous étonner de nos soins superflus ?
Polidore vivait. . . . Que cherchons-nous de plus ?

POLIDORE.

Quoi ! Monstre. . . .

ANTÉNOR, *durement.*

　　　　Tout décèle ici votre imposture.
Votre ame pour ce fils étouffait la Nature :
Contre vos noirs complots nous défendions ses jours,
Et jusques dans nos bras vous en tranchez le cours !
Quelle douceur traîtresse & quel art sacrilége,
Par les mains de sa sœur, l'a conduit dans le piége !

Elle paraît fervir , partager fon courroux ,
Par votre feint trépas nous en impofe à tous ;
Et ce jeune Héros , qui court à fa ruine ,
[*Montrant Polidore.*]
Penfe avoir abbatu le bras qui l'affaffine :
[*Aux foldats.*]
Que dis-je ? Au même inftant qu'on lui donne la mort ,
Appellé par Zelmire , Ilus eft fur ce bord :
Ils affectent tous deux une horreur mutuelle :
L'un accable d'affronts fon époufe cruelle ;
L'autre , fur fon époux , leve un fer meurtrier :
A ma garde lui-même il vient la confier :
Et de ce jeu barbare , imprudente victime ,
Je m'arme pour Ilus , quand le traître m'opprime.
O long enchaînement des plus lâches noirceurs ,
Pour perdre avec Azor fon peuple & fes vengeurs ?
A ce peuple indigné venez vous faire entendre ;
Venez fubir l'arrêt que vous devez attendre ;
Les tourmens réfervés à vos cœurs inhumains.

Z E L M I R E.

Et la foudre , grand Dieu, refte oifive en tes mains !
Tu le fais triompher , tu te rends fon complice ;
Et tu veux que la terre adore ta juftice !

I L U S , *vivement.*

Sa juftice eft pour nous. Elle tient enfermés
Dans un nuage encor fes foudres allumés ;
Mais fon bras invifible , étendu fur le crime ,
[*Avec un gefte menaçant fur Anténor.*]
Voile pour mieux frapper , les yeux de ma victime!

Ne crois pas qu'à fes coups tu te fois dérobé,
Serpent, en long replis fans ceffe recourbé :
J'admire, avec horreur, ta prudence perfide,
De tes refforts tout prêts le jeu fûr & rapide....
Mais dans la nuit profonde où tu fais toujours fuir,
Crains l'affreufe clarté dont je vais te couvrir.
[*Se retenant & montrant les Thraces.*]
Non, j'inftruirais envain ces Etrangers infâmes
Qui trafiquent du crime & te vendent leurs ames....
Devant le peuple entier tu viens de m'appeller ;
[*Vivement.*]
Je t'y cite à mon tour ; c'eft à toi de trembler :
Complice & meurtrier du fils de Polidore,
[*Anténor feint la plus grande furprife.*]
Toi, qui venges fon fang dont ta main fume encore ;
Viens voir tomber fur toi les redoutables coups
Que ton lâche artifice a tournés contre nous.

ANTÉNOR.

Moi, teint du fang d'Azor ! Impofteur méprifable ;
Cherche moi donc du moins un crime plus croyable.
Son thrône a-t-il tenté mes regards éblouis ?
Ma vertu s'en priva pour y placer ton fils.
Mais où font les témoins ? Quel foupçon, quel indice... ?

ILUS.

Marchons, traître... ce doute eft ton premier fupplice.

ANTÉNOR.

Rhamnès, vous l'entendez.... Ces éclats indifcrets
De quelque trahifon décelent les apprêts.

ꝟondez & découvrez la ſource dangereuſe
D'où naît de leur eſpoir l'imprudence orgueilleuſe.
Je vais autour des murs diſpoſer mes guerriers.
Vous-même interrogez ces lâches meurtriers.
Au tribunal du peuple avant de les conduire ,-
Je cours m'y préſenter , ma bouche va l'inſtruire.
J'entrevois leur reſſource & leurs deſſeins ſecrets ;
Pour les rompre. . . Venez apprendre mes projets.
Vous , Thraces , ſéparez Ilus & ſes complices :
Nous les réunirons bientôt pour les ſupplices.
Dignes amis d'Azor , détruiſez aujourd'hui
Ces tyrans , qui voulaient vous détruire après luï.

[Il ſort avec Rhamnès & une partie
des ſoldats.]

SCENE VI.
ZELMIRE, ÉMA, POLIDORE, ILUS, GARDES.

ZELMIRE, à Ilus , en lui montrant
ſon pere.

Connaïs tous mes malheurs : cet habit m'a déçue ,
Oui, j'ai livré mon père au monſtre qui le tue.

ILUS.

Dieux !

[Les Thraces viennent ſaiſir Ilus & Polidore.]

ZELMIRE, leur prenant la main à tous deux.

Seigneur !... cher époux ... on les oſe arracher...

Ah ! je fens de mon fein mon cœur fe détacher
Pour les fuivre tous deux mon ame fe déchire....

> [*On les entraîne malgré fes efforts.*]

Barbares !

    ILUS, *fe débarraffant des Gardes, & embraffant
    Zelmire.*

      Arrêtez. ... O ma chere Zelmire !

    POLIDORE, *en faifant de même de l'autre côté.*

Que je t'embraffe encore. ... Adieu.

> [*On les emmene tous deux.*]

    ZELMIRE, *tombant dans les bras des Gardes
    qui reftent.*

        C'en eft donc fait,
Je fuccombe à mes maux ainfi qu'à mon forfait ;
Il eft involontaire, & fon fardeau m'accable :
Quels font donc les tourmens d'un cœur vraiment cou-
pable ?

> [*On l'emmene ; Éma la fuit.*]

Fin du quatrieme Acte.

ACTE V.

SCENE PREMIERE.

ILUS, EURIALE, *enchaînés*, GARDES.

EURIALE.

N va donc nous traîner au fanglant Tri-
    bunal,
Qu'ufurpe ce vil peuple à fes Rois fi fatal.
Que devient l'efpérance à nos maux réfervée ?

ILUS.

Cette unique efpérance, hélas ! m'eft enlevée.
Polidore & Zelmire , au glaive abandonnés ,
Par leurs fujets féduits font déjà condamnés.
Anténor a preflé leur rage impétueufe :
Telle eft fa politique habile & monftrueufe ,
Qu'il fait , de la Vertu confervant tous les traits,
Nous charger, nous punir de fes propres forfaits.

Les Thraces & Rhamnès, comblant leurs perfidies
Ont sur moi, dans leur camp, porté des mains hardies
Le lâche m'a ravi l'écrit victorieux
Qui des peuples trompés eût dessillé les yeux.
Azor y démentait le projet sanguinaire
Dont ses cris factieux avaient noirci son père :
Au perfide Anténor reprochant son tépas,
Il n'accusait que lui de tous ses attentats ;
Et montrant au grand jour cette horreur inconnue,
Il demandait vengeance & l'aurait obtenue.
Ah ! Zelmire, faut-il qu'aux portes de la mort
Nos deux cœurs innocens soient en proie au remord ?
J'ai pu te soupçonner...! Est-il un plus grand crime ?
Et, pour mieux t'accabler, ton père est ta victime !

EURIALE.

Peut-elle à sa vertu reprocher une erreur...?

ILUS.

Eh ! se pardonne-t-on d'avoir fait son malheur ?
En vain, dans un cœur pur, elle voit son excuse ;
Quand sa raison l'absout, le sentiment l'accuse.

SCENE II.

ILUS , ANTÉNOR , RHAMNES , EURIALE, SOLDATS, THRACES.

ANTÉNOR.

THRACES, de toutes parts, environnez ces lieux ;
Bientôt le peuple entier va paraître à vos yeux ,
Avec ces criminels dévoués au supplice ,
Et qu'aux mânes d'Azor immole sa justice.
J'ordonne , en frémissant , ce formidable apprêt.
(A Ilus.)
Vous , Phrygien , allez entendre votre arrêt.
De vos juges ici mon rang me fait l'arbitre ;
Mais suspect à vos yeux , j'ai recusé ce titre :
Je laisse au peuple libre à prononcer sur nous.
L'arrêt est rigoureux ; ne l'imputez qu'à vous ;
Si d'y mêler ma voix vous m'eussiez laissé maître ,
L'indulgente pitié l'eût adouci peut-être.
Après tous les affronts dont vous m'avez chargé ;
Je vais gémir encor de me voir trop vengé.

ILUS.

Non, rien n'épuisera sa fertile imposture :
C'est le dehors serein de l'intégrité pure ;
A force de forfaits te voilà parvenu,
A la tranquillité que donne la vertu.

Mais tremble, fcélérat ; fi la terre étonnée
Aux fortunés brigands, gémit, abandonnée ;
Du moins telle eft la loi des barbares deftins,
Ces aveugles tyrans des malheureux humains,
Que, fe reproduifant par leurs fauffes maximès,
Les crimes font enfin punis par d'autres crimes.
Ton exemple fur toi fera bientôt fuivi :
Un jour ces vils mortels, qui t'ont fi bien fervi,
De quelqu'autre Anténor dreffant les nouveaux piéges ,
Lui vendront, comme à toi, leurs fureurs facriléges.
Tu verras tes pareils, inftruits par tes forfaits,
De ton art contre toi déployer les fecrets :
Et te foulant aux pieds fur les marches du thrône,
De ton front tout fanglant arracher la couronne.
Adieu ! je vais chercher l'arrêt de mon trépas ;
Je l'avouerai, la vie eut pour moi des appas ;
Mais le Ciel maintenant m'en fait haïr l'ufage.
Peut-on aimer le jour qu'avec toi l'on partage ?
(Il fort avec quelques Gardes.)

SCENE III.

ANTÉNOR, RHAMNES,
SOLDATS *Thraces.*

ANTÉNOR.

NOn, il ne mourra point ; j'ai besoin de ses jours :
Ma haine intéressée en respecte le cours.
Qu'il reste avec les siens, à nos armes en proie,
Pour me répondre ici des vengeances de Troie.
Zelmire & Polidore à l'instant vont périr,
C'est par leur châtiment que je veux le punir.
Tandis qu'à leur arrêt je montre un cœur sensible,
Du Peuple qui le rend je suis l'ame invisible.
Ainsi dans leur cercueil mon crime enseveli,
Est couvert à jamais des voiles de l'oubli ;
Croyant Azor vengé, nul ne suivra la trace
D'un forfait, que leur sang à tous les yeux efface.
   Tes services, Rhamnès, ont passé mes souhaits,
Au-delà de tes vœux j'étendrai mes bienfaits.

RHAMNES.

Seigneur, je sais borner ma modeste espérance.
Le succès de mes soins sera leur récompense.
   Mais ne craignez-vous pas que ce peuple attendri
D'un remords dangéreux n'écoute enfin le cri ?
J'ai vû le saint respect, l'amour involontaire
Qu'imprime ici d'un Roi l'auguste caractère.

ANTÉNOR.

Ils l'ont trop offensé pour ne le point haïr ;
On n'aime plus son Roi, quand on l'a pû trahir.
Ils pensent, par sa mort, prévenir sa justice,
Et détruire un vengeur armé pour leur supplice.
Polidore n'est plus qu'un Tyran détrôné.
Leur Roi, c'était Azor qu'ils avaient couronné.
De leur amour pour lui l'ivresse est incroyable ;
Le fanatisme y joint son zèle impitoyable.
Les organes des Dieux que ton or fait parler ;
L'usage antique & saint qu'ils vont renouveller,
En donnant, sous mes yeux, à ce sanglant supplice
L'appareil imposant d'un pompeux sacrifice ;
Cette loi d'immoler, par le chef des Guerriers,
Sur le Tombeau des Rois leurs lâches meurtriers ;
Tout asservit le Peuple à mon puissant génie,
Tout échauffe & soutient sa pieuse furie.

　　Tel est l'Art de régir ces crédules Humains
Qui, fermes dans le pli que leur donnent nos mains,
Aveugles instrumens du Héros qui les guide,
Avec un esprit faible ont un cœur intrépide ;
Qu'au nom de la Patrie on rend séditieux ;
Qu'on mène au Sacrilège avec le nom des Dieux.
Mais tous nos citoyens commencent à paraître.
Dès qu'auprès du Tombeau tu verras le Grand-Prêtre ;
Saisis le fer sacré, porte le coup mortel,
Ne perds pas un moment.

　　　　(Il continue de parler bas à Rhamnès.)

SCENE

SCENE IV.

ANTÉNOR, RHAMNES, POLIDORE, ZELMIRE, *nombreuse Suite de Gardes,* PEUPLES.

> (*Les Thraces se rangent le long des arbres du côté de la ville , le Peuple auprès du Temple , les Soldats près du Tombeau.*)

ZELMIRE, *regardant le Tombeau.*

C'EST donc ici l'Autel
Où ces Dieux destructeurs, qui protègent l'Impie,
Vont lui sacrifier l'Innocence flétrie.
O mon pere , voilà le prix de la Vertu !
L'opprobre est imprimé sur son front méconnu :
Par d'heureux scélérats sa splendeur usurpée ,
Des ombres du forfait la laisse enveloppée ;
Elle meurt , sans goûter le stérile plaisir
D'emporter son nom même à son dernier soupir.

POLIDORE.

Va , l'opprobre n'est point pour la vertu sublime ,
Qui parmi ses bourreaux s'applaudit & s'estime ;
Il est pour ce coupable au faîte du bonheur ,
Qui ne peut sans frémir descendre dans son cœur.

D

Vous , chargés des bienfaits de ma triste famille ;
Peuples , en m'immolant , pourquoi frapper ma fille ?
Dans mon sang épuisé , que vos bras assouvis
Rendent du moins à Troie , Elle , Ilus , & son Fils ;
Que mes yeux expirans les arrosent de larmes ,
Et dans vos cruautés je trouverai des charmes.

ANTÉNOR.

Non , Zelmire avec vous doit recevoir la mort ,
Et des deux Phrygiens on m'a remis le sort.

ZELMIRE.

O rage ! ô désespoir ! Epouse , Fille , Mere ,
Ces noms sont mes bourreaux à mon heure derniere.

(*Elle marche en désespérée.*)

Va , Peuple meurtrier , fier Tyran de tes Rois ,
Qui massacres ton Prince au nom même des Loix ;
Tout souillé de son sang , cette tache éternelle
Sur tes derniers Neveux sera toujours nouvelle :
Ou plûtôt les Troyens par ma mort excités ,
En immenses Tombeaux changeront vos cités :
Que la contagion , que la faim dévorante
Y mêlent leurs fléaux à la guerre sanglante :
Que vos fils , arrachés de leurs berceaux brisés ,
Soient à vos yeux mourans sur la pierre écrasés :
Que l'Enfer , soulevant les abîmes des Ondes ,
Fasse écrouler votre Isle en ses flâmes profondes ;
Qu'il dévore à jamais ce Monstre furieux ,
L'opprobre des Mortels & la honte des Dieux.

(*Les Prêtres arrivent & restent sur les*
marches du Temple.)

ANTÉNOR.

Rhamnès, c'eſt trop ſouffrir ces clameurs inſenſées,
Prenez le glaive ſaint, vengez nos loix bleſſées ;
Verſez ſur ce Tombeau le ſang des criminels,
C'eſt le ſeul dont l'offrande eſt chère aux Immortels.

RHAMNES, *prenant le glaive que le Grand-*
Prêtre lui préſente.

Oui, Peuple, il faut remplir ce ſanglant miniſtère,
Qu'un devoir glorieux, un uſage ſévère,
Votre choix, mes ſermens, impoſent à ma foi :
(*Il leve le bras ſur Polidore, tandis que Zelmire*
qui veut ſe jetter entre-deux eſt arrêtée par
des ſoldats : & tout-à-coup, en diſant ces
mots :)
Exécrable Aſſaſſin, tombe aux pieds de ton Roi.
[*Il ſe retourne & frappe Anténor.*]

ANTÉNOR, *tombant dans les bras d'un Thrace.*
Traître !
(*Le Peuple, les ſoldats, les Thraces font un mouve-*
vement pour ſe jetter ſur Rhamnès ; ils s'ar-
rêtent en voyant que les Prêtres leur tendent
les bras, & que Rhamnès montre un papier
déployé. Le Soldat Thrace du ſecond Acte re-
tient les autres Soldats de ſa nation.)

RHAMNES, *l'écrit d'Azor à la main.*
Miniſtres ſaints, voilà le vrai coupable,
Et voilà du forfait le garant redoutable.

ZELMIRE, *éperdue de joie.*
Mon père, qui l'eût dit ? . . . en croirai-je mes yeux ?

POLIDORE.

Ma Fille!...Ah! cher Rhamnès!

ANTÉNOR.

        J'expire....il eſt des Dieux.

ZELMIRE.

Tu les connais enfin , ta mort les juſtifie :
Ils ont eu trop long-tems à rougir de ta vie.
Meurs avec le regret , la honte , la fureur
De voir porter le jour dans l'enfer de ton cœur.

                    (*On emporte Anténor.*)

R H A M N E S , *vivement aux Thraces.*

Son arrêt eſt tracé des mains de ſa victime ,
Avec le même ſang qu'a répandu ſon crime.
Peuples , frémiſſez tous à cet écrit d'**Azor**.

            [*Il lit le Billet*]

Je meurs aſaſſiné par le Traître Anténor.
C'eſt lui , dont l'ame atroce & l'amitié perfide
Souilla mon jeune cœur du plus noir parricide.
Malheureux inſtrumens de mes projets cruels ,
Sujets que j'ai trompés , que j'ai faits criminels ,
Partagez mes remords , pleurez , vengez mon Père.

            (*Avec tranſport , en donnant la* **Lettre**
                au Grand-Prêtre.)

Il eſt vengé...Pleurez , ô Peuple téméraire ,
Pleurez avec effroi vos honteuſes erreurs.
Trop aveugles jouèts de deux vils impoſteurs , *
Voyez où conduiſait vos ames égarées
Cet orgueilleux oubli des loix les plus ſacrées :

---

* *Pendant que* Rhamnès *parle , les Prêtres ôtent les*
chaînes des mains de Polidore & de Zelmire.

Vous, qui des Immortels vous arrogeant les droits,
Portiez vos vœux hardis jusqu'à juger vos Rois.
A ce Monstre souillé de sang & de parjures,
Vous alliez immoler les vertus les plus pures;
Un Héros, un Monarque, un Père respecté,
Un Roi, l'honneur du Thrône & de l'Humanité,
Une fille... Ah! grand Dieu, c'est ton plus digne ou-
   vrage.
Toi-même, en sa belle ame, admire ton image.
Zelmire... pourrez-vous l'apprendre sans transport?
   (*Montrant le Soldat du second Acte.*)
Ce Thrace fut témoin du plus sublime effort:
Quand son père expirait dans cette tour affreuse,
Oui, de sa piété l'audace ingénieuse
Le ravit au trépas, aux horreurs de la faim,
Par ce pur aliment de son vertueux sein.
Merveille respectable à la race future,
Où, même en s'oubliant, triomphe la Nature.
 Je vois, à ce récit, tous vos cœurs s'attendrir:
L'Amour mêle ses pleurs à ceux du repentir:
Vous en versez vous-même, ô Thraces inflexibles.
Ah! ne rougissez pas de vous trouver sensibles;
Le remords est sublime en des cœurs courageux.
Citoyens, Étrangers, qu'éclaire un jour heureux,
De ce pere indulgent obtenez votre grace;
Approchez, tombez tous à ses pieds que j'embrasse.
  [*Tous les soldats, tout le peuple se prosternent*
   aux pieds du Roi]

POLIDORE, *embraſſant Rhamnès.*

Ah ! je mourrai content , j'ai retrouvé vos cœurs ;
Ce triomphe ſi doux paye aſſez mes malheurs.
Eh ! quel père offenſé ſe ſouvient de ſa haine ,
Pour des fils égarés que l'amour lui ramène ?

ZELMIRE, *avec vivacité.*

Mais , Rhamnès , mon époux , mon fils abandonnés…

RHAMNES.

Ne craignez rien pour eux , mes ordres ſont donnés.
Madame , Ilus eſt libre , & bientôt à ma vue….
Le voici.

SCENE V. *& derniere.*

Les Acteurs précédens , ILUS, EURIALE,
TROYENS.

ILUS, *arrivant entre les Thraces & les
autres ſoldats.*

Qu'ai-je appris ? O merveille imprévue !
Quel ! ce monſtre….

ZELMIRE.

Il n'eſt plus. Embraſſe mon vengeur ;
Le Héros de Leſbos.

ILUS, *embraſſant Rhamnès.*

Et mon libérateur.

ZELMIRE.

» Dieux! après tant d'horreurs où mon cœur fut en proie,
» Il s'abîme, il se perd dans un torrent de joie.
» Cher Rhamnès, apprends-moi dans mon raviſſement
» Quels reſſorts ont produit un ſi grand changement.

RHAMNES.

» Quand je crus conſommé le parricide impie,
» Dont votre ame ſemblait partager l'infamie;
» Ne voyant près de moi que des crimes heureux,
» Je courus aux grandeurs qu'on méritait par eux.
» Mais de mon Roi ſauvé l'étonnante aventure,
» Vint ralentir mes pas dans cette route impure;
» Le danger d'en ſortir m'y retenait encor;
» Je n'oſais eſpérer de convaincre Anténor.
» L'écrit que, ſur Ilus, ſurprit ma main troublée
» Affermit les deſſeins de mon ame ébranlée :
» Les Dieux la ſubjuguaient : ces Dieux, qui dans leurs
» mains
» Tiennent les faibles cœurs des rebelles Humains :
» J'oſai, de mes projets informant le Grand-Prêtre,
» Feindre de le gagner pour mieux tromper le Traître;
» Sa rage induſtrieuſe aurait ſû m'échapper,
» Avant de le convaincre il fallait le frapper;
» Je l'ai fait. Trop heureux que ce ſang déteſtable
» Lave de mes forfaits la honte irréparable,
» Qu'un Peuple & qu'un grand Roi l'un à l'autre rendus
» Signalent mon retour au ſentier des Vertus.

ZELMIRE.

Hélas ! je lui dois tout ; fa prudence, fon zèle… :
Viens recevoir le prix de ce retour fidèle.

POLIDORE.

Juftes Dieux , pour ma fille , exaucez mes fouhaits ;
Je n'ai pas à jouir longtems de fes bienfaits :
Vous-mêmes , chargez-vous de ma reconnaiffance ;
Dans le cœur de fon fils mettez fa récompenfe.

FIN.

Le même Libraire vend la *Tragédie de Titus* du même Auteur.

APPROBATION.

J'Ai lû par ordre de Monfieur le Lieutenant Général de Police , *Zelmire , Tragédie :* & je crois qu'on peut en permettre la Repréfentation & l'impreffion. A Paris , ce 6 Janvier 1762.

MARIN.

Vû l'Approbation , permis de Repréfenter & d'imprimer. Ce 6 Janvier 1762.

DE SARTINE.

Le Privilége & l'Enregiftrement fe trouvent au nouveau Recueil de pieces du Théâtre François.